TOブックス

Yusha no mura no murabito ha
mazoku no onna ni natsukareru.
Novel by MasamiT

勇者の村の村人は魔族の女に懐かれる

まさみティー

プロローグ――どうしてこうなった……005
出会い……007
受け入れてもらえました……021
彼女の方が正しいと思いました……029
スープはドラゴンほど怖くはないと思います……036
リリー　停滞していた時間が動き出す予感がするよ……050
楽しい毎日になりそうです……059
意外とみんな、嫌悪感なさすぎました……071
女の子に甘いものは定番です……089
城下町の壁は厚そうです……103
魔人王国は、本当に強そうです……120
リンデさんのお披露目会です……134

姉貴が帰ってきました …… 151
思い出のハンバーグを食べました …… 163
宝飾品は、やっぱり憧れでした …… 184
ミミズの錬金術師じゃないです …… 208
SIDE STORIES …… 227
魔人王国『時空塔騎士団 第二刻』ジークリンデ 世界一の幸せを噛みしめて …… 228
ミア 嫌な思い出第一位その名も『腕折り事件』 …… 245
王国騎士団長マックス 気持ちだけでも、理想とした騎士でありたい …… 258
魔人王国『時空塔騎士団 第十二刻』エファ それでもリンデさんが心配なんです …… 265
魔人王国『時空塔騎士団 第十一刻』レオン お節介な妹の言いたいことも分かる …… 273
エピローグ——新たな決意 …… 281
あとがき …… 286

Illustration by れいた
Cover design by SILO

プロローグ――どうしてこうなった

『私に毎日スープを食べさせてください』

このセリフはとても有名なセリフだ。いや、常套句《じょうとうく》と言うべきか。毎日食事を作ってもらうということは、つまりその人と毎日一緒にいたいということで、まあ、つまり……プロポーズの言葉である。結婚してください、である。

もちろん、そういった言い回しは恋愛小説から子どもが茶化すネタにまでなるので、当然みんな知っている。

そして、今、自分の目の前にいる人がさっき発したセリフがそれだ。

つまり、自分は、今、プロポーズと同じセリフを言われた。

しかし……目の前の女性を見る。そう、女性。この女性が男の自分に対して言ってきたのが『私にこのスープを毎日食べさせてください!』である。お前は料理しないのか、と突っ込みたいところだけれど、間違いなくしたことはないだろうし、出来ないと言った。ただ、そんなのは目の前の女性を見たら当然だと思うし、そんなことは重要じゃない。

その女性の特徴を挙げるなら……まず美しい。目鼻立ちの整った、長い髪のつややかな、大きな目をした美人だ。美しいのはいいことだと思う。……そして……胸が大きい。腰が細く足が長い。

本当にスタイルがいい。色気があるのはいいこと……だと思う……。

……そして……赤の混ざった銀色に光る白い髪……そして爛々《らんらん》と光る金色の眼光………それと……ええっと……見間違えようがない、頭から上に伸びた、黒く曲がった角。

教会で教えられている、魔族の特徴。それが『頭から角が生えた人間』だ。人間を滅ぼす、人類の敵と言われている存在。そんな王国民ならふざけて作り物を付けることもしなさそうな角が、彼女の頭にある。

……魔族。どこからどう見ても魔族の女である。

多分、自分の言った意味は分かっていないだろう。そういうことが分かっているとは到底思えない。

しかし……しかし！　どう返せばいいのか。そもそもどうしてこうなったのか。

「あの……やはり、ダメでしょうか……」

目を伏せる目の前の女。顔が悲痛な色に染まり、今にも泣き出しそうな表情になる。

美しい彫像が崩れるような、あまりにも悲しそうなその顔を見ていると、

「い、いえ！　別にかまいませんよ！　毎日作って差しあげましょう」

なんて、勢いで答えてしまった。言ってしまった……と思った時にはもはや後の祭り、目の前の女が目を見開き、僕の発言を理解して綺麗な顔で笑顔を作る。こんな顔を見たらもう否定する言葉は出せない。

いやそんなことを考えている場合じゃない！　そもそもどうしてこうなったのか。

「あ、あの……嬉しいです！　では約束通り、本日よりこの村の護衛をさせていただきます！　改

めまして、私は――」

――魔人王国・国王直下『時空塔騎士団 第二刻』魔人族のジークリンデ。

そう明らかにヤバそうなプロフィールを語った後、彼女は目を閉じてニッコリ笑い姿勢を正すと、

「――リンデと気軽に呼んでいただければ嬉しいです、よろしくお願いしますっ!」

そう言って、目の前の女は、深く頭を下げた。何も言えずに、自分の村の名前を思い出して、村を出て久しく会ってない姉貴の顔を思い出して。正面の女の姿を見て、自己紹介を頭の中で反芻《はんすう》した。

これを言うのも三度目だ。どうしてこうなったのか……。

勇者の村。本日より勇者ミアの家に、同居人『魔王の部下、リンデさん』が増えました。

出会い

その日は霧の深い日だった。いつものように、薬草を裏の森に取りに行くという冒険者ランクならE間違いなしという簡単なお仕事で、それ自体は別に何でもなかったのだ。

山には特に強力な個体のモンスターはおらず、自分はいつも通りに薬草を採って、山菜あるかな

とか、兎《うさぎ》いるかなとか、そんなことを考えながら山に入った。

その日は珍しく、遠くにゴブリンが見えた。背の低い、知能があるのかないのかわからない魔物。

「よっと」

この村に住んで長いので、さすがにこの手のモンスターに後れを取るほど鈍っていない。ショートボウを構えると、魔力を乗せて矢を飛ばしゴブリンを楽々と仕留める。

あちらは警戒するのが一瞬遅れて、こちらに反応する前に絶命した。単体の個体だったのだろうか、珍しく他の個体が見つからない。

「まあ考えてもしょうがないか、薬草もうちょっと採っとかないと、姉御《あねご》に怒鳴られちまうからね」

ギルドの受付をやっているエルマの姉御は腕っ節が強く、荒くれ者も多い冒険者をまとめるのにちょうどいい人材だった。本人自身も冒険者だったということもあるが、「アタシじゃなきゃこのギルドのでっかいガキどもまとめらんねーだろ？」という頼もしい理由で引退し、村のみんなから信頼されていた。

再び向こうからゴブリンが現れた。今度はこちらを見ている。

「避けるかな？」

僕はつぶやくと、弓を引いて……矢を前に押し出す。

押し出すだけだ。ゴブリンがその動きに対してサイドステップをする。しかし僕は、先手を取ってゴブリンが踏み込んだ瞬間にもう弓を引き絞っていた。

「予想通り！」

跳んでいる間は方向転換できない。着地地点に魔力の矢を放てば、一撃でその頭部を貫通させる。

自慢じゃないけど……いやこういう言い方をするのは自慢かな。この武器の腕は、冒険者稼業で大きな街に行こうとしていた姉貴のために鍛え上げたものだ。

近距離万能型の姉貴は強かった。

『じゃあ僕が遠距離万能型になって姉ちゃんを守ってやる！』

随分昔のことだけど……そう言って必死についていった。実際についていけてたし、姉貴も僕も最終的に相当な腕前を持ついいコンビだったはずだ。

少し、トラブルもあったけど。それでもコンビを組んでいた。

ただ……姉貴は勇者になった。なんだかよくわかんないうちに、背中に勇者の紋章が出た。

出るなら隣の家の、いい感じに背の高い男前の優男がなるのかと思ってた。姉貴もあの優男が、見た目よりも剣が強いということから、姉貴の「イイ男」リストに入れていたのを知っている。

ところが姉貴が勇者になってから暫《しばら》くすると、その優男は姉貴を避けるようになった。どうも男のプライドが邪魔をして、両手持ちの大剣を、女の細い片腕で受け止められるのが我慢ならなかったようだ。

『あーあ、いい意味で見た目を裏切ってくれるイイ男かと思ったのに、中身のほうは期待外れだったわねー』

いや、僕には優男君の気持ちが分かるよ、姉貴。なんてーか、女に力で圧倒されるのって、それが怖いとか恥ずかしいとかそういうんじゃなくて、どう対応していいかわかんないもんなんだよ。うまくこの感情を言葉にできないけどさ。

おっと話が逸れた。つまり勇者の紋章の出た姉貴はとても強い。それはどういう意味かというと、「もう僕では姉貴にとっては足手まとい」ということだ。

最初の頃は、それでも一緒に行こうと思ったのだ。だけど、姉貴は普通に、片手で魔法の矢を撃てるようになっていた。僕の魔矢は、矢を消費する、弓のメンテナンスがかかる、そして引き絞るタイムラグがある。極めつけに、そこまでの条件の差があって、近接系の姉貴の矢に威力が及ばなかった事が決定打だった。

今ひとつ自分が役に立つ未来が見えなかった。

『あたし村出ちゃって大丈夫？　ここ出なくちゃいけないわけだけどさあ』

『それじゃ、姉貴のいない間は自分が村を守るよ』

『へえ、ライが守ってくれるんだ？』

『他のヤツに頼むよりは、まあ信頼できるでしょ？』

『ま、そうねー』

そんな軽い感じの会話で、軽く決めて、姉貴は軽く世界を救ってくると言って出て行った。

それが、五年前。

本音を言うと……やはり、少し悔しい思いもある。十三歳の僕は、ちょうど姉貴の身長に並んだ。二人で行動して、ずっと前衛に守られるばかりだった僕も、年下なりに男の子のプライドがあった。もしかしたら姉貴の隣に立って、そしていつかは前に立って役に立てるのではないかと思っていた。でも勇者になった姉貴は、もはや魔物の攻撃でダメージを受けるような肉体ではなかった。それはもう、あの優男君も含めて僕たち普通の村人とは根本的に違うものだと思えたし、役に立てないのは仕方ないとも思った。

そう……これは、仕方のない話。女神が決めた、きっと運命。

……昔のことを思い出していると、三匹目のゴブリンがやってきた。

「またか……？　なんだか多いな」

こいつは……逃げてきてる。向こうから。こういう時、予感がある。あまりここにいちゃいけないな、という予感。

ゴブリンも、弓を下げると、こっちと交戦したくないように横に走って逃げた。

「決まりだ、逃げる！」

そう決めた瞬間——さっきのゴブリンの頭が吹き飛んでいた。

「は……？」

今何が起こったのかわからない。

恐る恐る、向こう側を見てみると、今の現象を引き起こしたやつがいた。

「……オーガ……だよな？」

そこにいたのは、オーガ……ではなかった。

なぜなら、『でかい』からだ。

いや、オーガ自体がでかい。でかいのだけど、目の前のそいつは、自分の身の丈の二倍ぐらいあった。普通大きい人間サイズでも倒せるか怪しい筋肉隆々の魔物だ。よく体を支えられてるなと思って足下を見た。山奥の木の幹みたいな足が、ボコボコと盛り上がった恐ろしいほどの筋肉をしていた。

まさか……オーガキング、なのか？

「……なんだよこれ、ありえないだろ……」

そのオーガは、どうやら足下の石を投げてゴブリンを倒したらしかった。何故そんなことが分かるのか。

――こちらを見て、石を拾ったからだ。

「ッ！　まずい！　『シールド』！」

魔法の盾を少し傾けて上側に展開する。と同時に石が真上に跳ね上がった。衝撃が伝わるが、うまく逃がしたため体にダメージはない。しかし腕がまるで、腕を枕にして寝てしまった時のように、完全に麻痺《まひ》している。衝撃を流して防いだはずなのに……！

オーガキングが防御されたことにぴくりと反応する。すると、こちらにその巨木のような足を動かして大股で歩いてきた。

「……ダメだこれはまずいんじゃないか⁉」

腕は動かずともなんとか走る。いつでもシールドを出せるように準備しながら。しかしその歩幅の差はどうしようもなく、少し走ったオーガキングに一瞬で差を縮められてしまった。

腕が振り上げられ、そして振り下ろされる瞬間に横飛びで躱《かわ》す。

「うわっ！」

衝撃だけで吹き飛ばされ、そのまま木の枝を折りながら落ち葉だらけの中をごろごろと転がっていく。怪我はないが……足の方もしびれてしまったようだ。動かないのでは、逃げられない。

ヤツがこちらを見た。

これは、もうおしまいかもな……姉貴、ごめん……村を守るって言ったのに、こいつが村に入ったら――。

――それは、突然だった。

目の前に。女がいた。その女は片手に黒い剣を持っていた。そして……見ると、オーガキングの首がなかった。

一瞬で斬った？　しかもこいつ……一体どこから？　派手なテレポートをしてきた魔法陣の様子がないなら……視界の外から、脚だけで一瞬で？

なにも、なにもわからない。

明らかにその強さは、人間のそれではない。それに……作り物とはとても思えない頭から生えた角が、否応なく目に入る。少し目線を下げて、目の前の女性の顔を見る。両目とも金の光が見える。

……ところで、何故自分がわざわざ両目なんて解説をしているか。

それは、今、その女と目が合っているからだ。

背中に緊張の汗がつたう。ドサリ、と後ろから音がした。振り向くと、オーガキングの生首があった。再び正面を見る。目が合う。逃げようにも緊張と痺れで身動きが取れない。


……恐らくこいつは、『魔族』だ。

魔族とは、僕達王国民の皆にとって普遍的な『ハイリアルマ教』の教義の一つに書かれてある種族だ。人間に近い二足歩行形態だが、頭に角が生えているという特徴がある。

曰く、その者達は人類を滅ぼす存在である。

曰く、その者達は残忍で好戦的、人間を殺すことを好む種族である。

曰く、魔族の王である『魔王』を倒すのが『勇者』の使命である……など。

徹底して絶対悪として書かれており、その内容だけで震え上がる大人も多い。子供には教育方法として、『悪いことをしていると、怖い魔族に連れ去られてしまうぞ』なんて脅しもあるぐらいだ。

僕自身そんな種族がいるのかどうか半信半疑だったが……目の前の存在を見たら、もう疑うことなんてできない。移動の瞬間も見えない、斬った瞬間も認識できない、そこまで圧倒的な能力差。

ちょっと強いなんてものじゃない、十人中十人が人間とは思わないだろう。改めて思う……魔族は、いたんだ。

僕の頭の中に、改めて教義の内容が思い出される。『残忍で好戦的、人間を殺すことを好む種族』……である。その種族が、オーガキングを一瞬で殺した剣を持って、腕も足も痺れて動かない僕を見ている。さっきまでの危機が、些細にさえ感じてしまうほどだ。

どうすればいい、どうすれば────。

「────あ……」

その魔族はこの場に不釣り合いな町娘のような声を発し、剣を持っていない片手を前に出した。

「ッ！」

僕は座り込んだ姿勢のまま、少し痺れが収まってきた右手で矢を掴むと、正面の魔族に向かって渾身《こんしん》の力をふりしぼって魔矢を射る！　それは、今まで射った中でも類をみない集中力で連射されたと言って過言《かごん》ではなく、相手に高い魔力を乗せた矢が何本も刺さる……はずだった。

「へ⁉　わっ！　えっ？　ええっ⁉」

僕の会心の連続攻撃は……防がれていた。

いや、防がれていたなんてものじゃない。いつの間にか彼女の右手からは剣は消えており、その手は矢を……指で摘《つま》んでいた。親指と人差し指で一本目の矢を摘み、二本目を人差し指と中指に挟み、三本目は中指と薬指。四本を摘んだ時点で、気がつくと左手に四本の矢の束を握っていた。

その時の僕は相手を冷静に観察できず、とにかく必死に矢を放ちまくった。そして当然……矢が尽きる。正面の魔族は僕の矢筒が空になったのを確認すると、片手から溢れそうなぐらいの木の矢を、悠々と両手持ちに変更した。

……だめだ、強いなんてものじゃない。剣で防がれるとか、避けられるとか、木を盾にするとかそんな常識的な戦いじゃない。勝負にすらなってないどころか、恐らく相手は勝負だとさえ思っていないだろう……。実力差が大きすぎて、完全に遊ばれている。

その魔族は、僕を見ながらゆっくりと近づく。……動かない足、持っていない武器、残っていない魔力。もう打つ手がなかった。魔法攻撃の分まで魔力を残しておけば良かった。……もう……終わりだな……。

僕が死を覚悟したその時――――、

「えっと、その……これ、お返しします」

――魔族は、両手に持った木の矢をこちらに差し出した。

「…………」

僕はその声に何と返せばいいのか全く分からず……取り敢えず、その矢の束をもらい受けて、自分の矢筒に戻した。矢は一本も折れていなかった。

「……。……ど、どうも……」

「！」

さすがに返してもらって何もなしというのはないだろうと思い、なんとも場違いながら一応お礼を言うと、正面の魔族はまるで花が開くように、ぱあああ～～っと子供のような満面の笑顔になる。

と思ったら、はっとして突然二、三歩下がって、膝を突くと、僕に目線を合わせながらぺこぺこ頭を下げる。

「す、すみません驚かせてしまいまして！　その、さっき剣とか持ってましたけど人間を攻撃するつもりはないっていいますか！　なんといいますか！　その……そんなつもりではないんですっ！」

必死な様子で、魔族は謝りだした。

……正面の魔族のあまりにも意味不明な対応を見ながら、僕は少しずつ頭を回転させる。

状況を整理しよう。僕がオーガキングに攻撃された。魔族がオーガキングを殺した。僕は魔族を攻撃した。魔族は僕を攻撃するつもりはない。

あれ……？　なんだ、魔族全く悪いことしてないぞ……？　それどころか、一方的に僕が襲いかかっておいて、ただの一度も反撃されていない。人間同士の争いだったとして、客観的に見ると悪いのはどう考えても僕じゃないか……。

僕は、正面で頭を下げ角をこちらに向けている魔族のつむじをぼんやりと見ながら、もう一度今までのやり取りを思い出す。むしろ、今までの行為。どこからどう見ても……。

「もしかして、僕を助けるためにやってきたのですか？」

「そ、そうですっ！　わかっていただけて嬉しいです！」

魔族の女は、そう言って再びぱあっと明るい顔になってぺこぺこした。なんだろう……初めて出会った魔族、思っていた反応と違いすぎて調子が狂う。……本当に魔族なのかこの女？

「えーっと……その、食べ物を探していて……ゴブリンは好みではないので、オーガを焼いて適当に食べてしまおうかなと思ったところ、あなたが襲われていたので、助けなきゃーって思って助けました」

「……助けなきゃって思ったんですか？」

「えっとえっと……困っている人がいたら、助けられる能力のある人が助けるのは当然ですよね？」

さも当然のように、首をかしげながら聞いてくる。その女性の、角以外はまるでどこか深窓《しんそう》のお嬢様のような姿を見ながら、ハイリアルマ教の教義である『残忍で好戦的、人間を殺すことを好む種族』という項目を思い出していた。

「一つ聞いていいですか？」

「はいどうぞ！」

「魔族ですよね？」

「私ですか？　はい、魔族です！」

ニコッと笑ってあっけらかんと肯定。魔族であることが確定した。……これが……？　これが、人間を殺すことを好む種族……？　勇者が滅ぼすべき、人類を滅ぼす魔王の手先……？

……なんだこれ、もしかして僕がおかしいのか？　それとも、何か騙しているとか、油断を誘うとか？……ではないだろう。油断させてっていうのなら、そもそもこの魔族がわざわざそんなものを待つほど弱くない。こっちが警戒していようがいなかろうが、あの黒い剣で一刀両断だ。

そこまで考えて……そもそも僕は、魔族というものがどういうものか全く知らないことに、ようやく気付く。料理の先生だったリーザさんもいつも言ってたじゃないか。

『実際に見たり食べたりすることで得られた事実に比べれば、本に書いてある内容の信用度は下なんだよ。何事も自分自身で体験することが大事ってね』

ビスマルク王国で広く信じられているハイリアルマ教。だけどそれは……『書いてある内容』だ。僕自身が体験した話じゃない。だったら……教義を……ハイリアルマ教の内容を、全部鵜呑《うの》みにする必要は、ないのか……？

少なくとも目の前の魔族に対して、僕はハイリアルマ教で教えられてきたことが当てはまるとはとても思えなかった。僕は生まれて初めて、自分が信仰してきたものを疑った。

そう考えていると、目の前の魔族が深刻な顔をして目を細くした。

僕の中で一気に緊張が走る。

「ところで人間さん」

「……なんでしょうか」

「この辺で、ちょっと寝泊まりとか、出来る場所ってないですか？　一人で野宿だとちょっと不安だし、心細くて……」

困り顔でそんな普通の女の子みたいな素朴な悩みを打ち明ける。

……何か一気に疲れた。もうそんな場所は知らないと答えて去ってしまおうか。

そう考えていたら、姉貴の顔が頭の中に出てきた。

『恩を売られたらね、絶対返しなさい！　奢りってね、奢られても忘れちゃうけど奢ったヤツはずーーーっと覚えてるからね！　つーか酒一杯程度であのエロジジイめ！　まさに驕《おご》りだっつーの！』

姉貴、今は多分それ関係ない。頭の中でちょっと休んでてくれ。

……少し迷ったけど、少なくとも命の恩人だし、恐らくオーガキングが村に来た時点で村も全滅だった。

　つまり、まあ……村の恩人だ。

「助けてもらってお礼もしないのは姉貴の弟として估券《こけん》に関わります、帰るあてがないのなら、今晩は村に来て身体を休めてください」

「よ……よろしいのですか⁉」

「まあ、多分大丈夫でしょう。村のみんなにはとりあえず僕から説明します」

「あ……ありがとうございますっ！　私、嬉しいです……！」

　こうして、村にこの変わり種の魔族を連れて行くことになった。

受け入れてもらえました

　まずは村のみんなに説明しなくては。それには……やはり魔物《オーガキング》を討伐したことを伝えなければならないだろう。

「とりあえず、そのオーガキングの首は持っていきましょう」

「あれ、お肉の方はいいんですか？」

「肉？　そういえばさっき食べるって言ってましたね」

「猪と豚の間みたいな感じの味がするんですけど、胸の方はやわらかくて本当においしいんですよ。

魔物は上位種ほどおいしくて、だからドラゴンステーキなんてすごくおいしいですよね。解体は私ができますよ」

「そうですか……ん？」

ということは……。

「料理とかするのですか？」

「人間に比べてそんなに複雑な料理できないですね。みなさん戦う以外は基本的にめっちゃ不器用なので……。私の魔族の国って、大陸の西の端っこの、更に西の島の洞窟にあるんです。洞窟といっても地上に近く、洞窟自体も海もそこそこ近いので、海水と肉を鍋に入れて火魔法で肉を煮込むってのが出来る方ですねー。私はそのまま焼くだけなんですけど……。城下町まるまるそんな感じで、みんなでそこに住んでます」

思った以上にシンプルな肉料理だった。戦う以外は不器用という魔族の特徴も喋った。そしてさらっと、魔族の……魔王の居場所を喋った。

警戒心がなさすぎて、ちょっとこの子が心配になってきた。……もう『子』って言い方でいいだろう、もはや警戒するだけ無意味だと思った。娘《むすめ》ってところか。魔族の娘。

さっきの話も嘘でも本当でもいいや。

「そうなんだ……それじゃあ、さすがに持って歩くには大きいので解体してもらっていいですかね？」

「え？」

魔族の娘は、僕の話を聞く前にひょいっと持ち上げると、空間を広げてぽいっと放り投げた。

「アイテムボックスの魔法……あのサイズを……？」

「そうですです、便利ですよねこれ」

今使った『アイテムボックス』の魔法は、魔力量に応じて自分だけの空間に収納できる魔法だ。習得が容易で保存能力もあるという便利な魔法である反面、それなりに魔力を持っていないとあまり大きなものは入らない。

僕も武器と、外で食べる時のために調味料を入れている。これでもいい方で、殆どの戦士は回復薬《ポーション》を一本か二本も入れたらおしまい。勇者である姉貴ぐらいの魔力量になると、大きな剣ひとつ入れても余裕はある。

この魔族の娘も同じ魔法を使ったけれど、あまりにも破格の能力だ。オーガキングの体は三メートル以上、どんなに少なく見積もっても百キロはあるはず。片手でぽんぽん収納できる量じゃない。

……っていうか、片手であれ持ち上げて放り投げたよな今……腕力どーなってんだ？

そう思っていると、魔族の娘は片手でオーガキングの首を持った。移動する準備が出来たようだ。

「それでは、ご案内よろしくお願いしますっ！」

「わかりました」

そうして村まで戻った。


「……というわけなんだ」

村に入って、とりあえず近くにいた数人の村人を集めて説明を試みた。

僕と一緒に現れた魔族。頭に大きな角が生えているのに気付いてさすがに警戒していたが、オーガキングの首を見ると、にわかにざわつき、その魔物がどれほど強力かに戦慄《せんりつ》し……やがてその脅威が取り除かれたという実感がみんなの間に伝わっていった。

「えーっと、つまりその魔族さんが、ライを助けてくれた、ってことよね」

「そういうこと」

酒場で店員をやってるリリーが、金髪の短いポニーテールを頭の後ろから覗かせるようにして首を傾けて聞いてきた。

「魔族であることは確定……でもライが助けられた……ライの命が助けられた……。……じゃあ……私はいっかなーとは思うけど。何よりライがここまで連れて来ちゃったからねー」

「話せば分かると思うけど、ほんと普通の感じだよ。なんだか普通の冒険者っぽい感じというか」

「普通、普通ねえ」

リリーがずいっと前に出て、魔族の娘の角をじろじろ見る。

「んー。なるほどなるほど……」

「な、なんでしょうか……何か私の顔に珍しい物でもついてるでしょうか」

いや、顔というか、あんたの頭についてるんだよ。村人みんながそんな目をしていた。僕も心の中でそう突っ込んだ。

「その角、触ってもいい？」

「いいですけど……」

リリーは、なんと思い切りよく魔族の角を触った。真剣な顔をして触るリリーに、魔族の方は居心地悪そうにしていた。

それからリリーは手を離し、じーっと魔族の娘の目を見つめた後、

「ん〜〜〜……わかった。私は、この魔族、入れてもいいと思う。みんなはどう？」

そう言ってくるっと振り向き、他の村人の方を見た。

集まった数人は、「リリーとライムントが言うなら……」と言っていた。受け入れられるか少し不安だったけれど、どうやら納得してくれたようだった。

この小さな村では代々勇者とその家族が村長としての役目をすることになっているが、勇者の姉貴はそういうのに向いていないし、何より今は留守にしている。そのため代理として僕が近い仕事を受け持っているものの、一人で何でもやるわけにはいかない。

姉貴の友人であるリリーとその両親は、ある程度村でも発言権のある人達だ。もちろん村は勇者の独裁というわけではないので、反対意見が多かったら却下される。とはいうものの、反対が出るような提案が出ること自体まずないし、トラブルらしいトラブルが起こったこともあまりない。

基本的に、住んでいる村人みんな寛容だった。

「とりあえずこのまま家までは問題無さそうだ。じゃあ早速僕の家に行こうか」

「は、はい！　皆さん、あの、ありがとうございます！」

そう言って周りの皆にぺこぺこおじぎをする魔族の娘を、最初はみんな珍しいものを見るようにして、そしてやがてその腰の低さに生暖かい眼差しで迎え入れてくれた。

「お、おじゃましま～す……」

ちゃんと挨拶をして小さい木の家に入ってくる魔族の娘。「うわーっ本当に木を組んで作ってるーすごいなー」なんて言いながら、まるで都会に出てきたばかりの田舎娘のように、いかにも田舎の家らしい家であるはずの、僕の家を珍しそうに眺めていた。もしかすると魔族の国では木造建築がなくて珍しいのかもしれない。目をきらきら輝かせながら、ただの木肌でしかない家の壁をぺたぺた触りながら「うわー、うわー」と感嘆の声を上げている。

「それじゃ、飯作ってきます」

「あ、あの！　お手伝いできることなどないでしょうかっ！」

「んー、そうですね……。そのオーガキングの肉っての、食べたことないんですよ。おいしいというのなら、解体してもらっていいですか？」

「わかりましたっ、お任せくださいっ！」

そう言うやいなや、魔族の娘はさささーっと表に出て行った。じゃ、僕も調理の用意しますかね。採って来た香草がいくつかと、栽培している香草がいくつか。城下町に行った際に少し仕入れた調味料の他は、姉貴が僕の料理用に買い込んだもの。時々旅先の調味料や珍しい物を買って帰るのだ。このホワイトペッパーと、ブラックペッパーと……そしてミル。ピンクペッパーは彩りに後乗せ。やはり肉ならローズマリーだろうか。ふむ……油は……。

「おわりましたっ！」

魔族の娘が扉の隙間から顔を覗かせた。どうやら解体を終わらせたようだ、不器用と聞いたけど、手早いじゃないか。じゃ、確認に行きますか。

結論から言うと、めっちゃ雑だった。ほんっとーに不器用だった。

「雑」

「え、えぇーっ！　かなり綺麗めに意識したんですよ⁉」

「もっと、骨の周りとか、残ってますよね？」

「そんな細かい作業できる人いません……」

そう返事を聞き、とりあえずブロックごとに分けて雑に削いだだけですっていう解体準備段階レベルの肉を見ていく。

「普段からこんな感じですか」

「そうですねえ……」

「他の魔族も？」

「ええ。というか西の島は魔物の発生量が本当に多いので、それぐらいのペースでやっても素材というか肉はなくならないし、減らすペースが遅いと迷惑がかかるんですよね」

「迷惑？」

「私の島の東がこの大陸なんですが、魔猪《まちょ》とかあのへんが月十匹ペースで海を元気に渡っていっちゃうんですよね。あれってさっきのオーガキング並なのでちょっと人間の方には強いはずなので、あれが大量に渡ると大変かなーと」

――ん？　迷惑がかかるって、人間に？……なんだか、それはまるで。

「……人間のことを、守っている？」

「あはは……そうなるんですかね？　一応陛下の指示なのですが、特に人間を守るとかいうことは言ってなかったです」

「想像つかないな……？」

興味深い話だけど、喋っているとさすがにお腹がすいてきた。続きは食べながらでいいか。

とりあえず、目の前にある大まかなところはできているオーガキングのブロックの一つの近くに行き、肉の骨の近くを削いでいく。

「ふわああすごいぃぃ……」

「めっちゃ削ぐのはやいーきれいー」

「白いのみえてる、骨ギリギリだぁ」

「かっこいいなぁ……」

……照れるのでやめてもらえません？　ていうかギルドの姉御の方が数段上だからね？

そう思いながらも、オーガキングの肉がたくさん取れた。必要な部分以外をアイテムボックスの中に入れてもらい、オーガキングの肉を調理場に持っていく。

さて、なんだかんだ食べたことない高級食材ではなかろうか。おいしいと言っていたし、楽しみだ。

僕は調理を開始した。

彼女の方が正しいと思いました

オーガキング……食べたことないが、魔族の間では高級食材と聞いて少し緊張している。ドラゴンステーキがおいしいとあの娘は言った。つまり食べている。食べている上でおいしいと評価するオーガキングの肉。

肉は色がよく、確かに股は筋肉が締まっており、胸や腹は脂がよく乗っている。とりあえず軽く塩水につけて血を抜くが、極端に悪いにおいもなく、過剰に時間をかけなくても問題ないかもしれない。

よし、水を入れていこう。姉貴との旅に備えて習得したが、今ではスローライフをサポートするぐらいしか役に立たない遠距離万能型の魔法。それで作った澄んだ水を、珍しい形に鋳造《ちゅうぞう》された鍋

——姉貴が旅先で買ってきたもの——にたっぷり入れ、そのままの状態の骨と、砕いたものを沈める。時間をかけられない分やや強めの火の魔法で煮出していく、どんな出汁《だし》が出るかな。

さて肉だ。下ごしらえに気合を入れようかと思ったが、どうやらそこまで臭みはなさそうだ。肉は上質だし、脂そのものに良い味がありそうだ。豚かと思ったが、良い牛肉ぐらいかもしれない。

そもそも魔族は海水につけて焼いているだけと言っていた。つまり海水で血抜きをして、火魔法で焼くだけ。それで下位種のオーガでもハーブなしで十二分においしいのではなかろうか。期待が高まる。

オリーブオイルを多めにフライパンに引き、弱火の魔法で肉に……ローズマリーを乗せて軽く焼こう。香ばしい匂いと共に色が変わってくる。もうこれだけでおいしそうだ。

鍋から骨を取り出す……大幅に水分が蒸発した鍋には、澄んだスープに脂が浮いている。悪くない感じ。

確か今あるキャベツは若く、玉ねぎも新しかったはずだ。どちらも多めに入れてしまおう。……彩りが欲しい、人参《にんじん》を。芋《いも》類は……今回はなしかな。味を主張しないビーツもいいけど、色が主張するのでまた今度。赤ならトマトもあるけど、それもそのうち。

ミルに入れるのは……結局黒コショウのみと、ピンクの岩塩とともに多めに入れる。ワインの、甘いヤツがあったはずだ。あまり一人で飲んだりもしないので、こんな時のための肉料理用ワイン。少な目に。

ローレル、オレガノ……シナモンやスターアニス、ジンジャーなど個性的なものは今回はパスしておこう。でもいずれ。後はパセリをみじん切りにして……。バジルも、また今度かな。——ああ、なんだか試してみたい味付けが次々出てくる。あの巨体だ、残った肉がまだまだ大量にある。今から楽しみだ。

最後に少なめのスープの中にオリーブオイルを追加でかけて重い蓋《ふた》を落とし、限界まで弱火にしておく。この重い蓋が、野菜からまた水分を出してくれる。それで仕上がれば、鍋の中にあるスープの水かさは上がっているはず。

さて、あとは素材を信頼して待つだけだ。

「はい、それでは後は待つだけです。ゆっくりしていましょう」

「わあわあ楽しみですっ！」

魔族の娘はニッコリ笑って、椅子に座って体を揺らしていた。

「……………………」「……………………」

な、何か喋ったほうがいいかな……ああ、正面の魔族の娘も、同じ事を考えているのか、目が時々合ったり合わなかったりする。何か、会話の糸口があれば……。

「……ああ、それにしても、魔族の方って普通にオーガみたいな同族を討伐するのですね」

「えっ？　あ、いえ。オーガは魔物ですよ……？　狩るのは当たり前ですが……人間だって狩猟するじゃないですか」

「いや、近しい種なのかなと思っていましたし」

「オーガが、私と近しい種？」

ぴくり、とそこに反応した。

「……あの、村に来てからといいさっきから反応を見てると、人間の方って魔族のこと何だと思ってるんです？」

ちょっとスネたように不満げに聞いてきた。

「えっ、その……魔族を何だとと言われても……人間だって狩猟？」

「そうです。魔族は魔物を狩猟し、人間は動物を狩猟する。人間も魔物を狩猟するし、私たちも動物を食べます」

「はあ、なるほど……魔族と魔物は違うと……」

「魔族と魔物なんて、人間と動物ぐらい違いますよ……今まで見分けつかなかったんですか……？」

言われてみれば……こんな普通に喋れるのに魔物と同じというのはちょっと雑な考えだ。魔王討伐を掲げる教会では分けて教えられない。

「そう教えられてきたもので……そういえば、魔王というのは魔族でいいんですよね」

「ええもちろん、魔王陛下は魔族です。人間の王国の王様みたいなものです、王家の中から年長順に選ばれますね」

「王家？　最も強い魔族が魔王になるんじゃないんですか？」

「王が、一番強い？　人間の王は、人間で一番強いんですか？」

そんなわけない。

「いえ、一番強いのは勇者です」

「魔人族も一番強いのは多分陛下の近衛のフェンリルライダーのハンスさんです」

魔王の軍勢で一番強いのは、フェンリルに乗る男らしい……。

「では、勇者がそのハンスさんという方に戦いを挑んで勝ったら？」

「ハンスさんが負けたら陛下は降伏しますよ」

「魔王は戦わない？」

「えっと、当たり前でしょう……？」

あたりまえ……？

そんな疑問が顔に出たのか、魔族の娘から僕に質問をしてきた。

「じゃあハンスさんと戦って勇者が死んだら、人間の王が直接戦いに来るのですか？」

「いえ……ビスマルク国王は戦ったことはないはずです」

……行くわけがない。ビスマルク王国の国王陛下が戦うなんてあり得ないし、あんな膨れた腹をしていて強いわけないし、送り出す側の人間に戦う覚悟自体があるとは思えない。大体それで死んでしまったら今の王国内は大変なことになる。

そう考えていると、更に質問をかけてきた。

「魔王が一番強い者がなるとかいう話は、勇者が強いからで、人間は魔王が一番強いと思い込んでいるからですよね？」

「そうです」

「陛下は決して弱くはないですが、私よりも弱いですよ。だって実務がメインですから」

「弱い？」

しれっと喋った。目の前の娘、魔王より強いらしいよ。

「ていうか実務？」

「ほら言ったじゃないですか、魔物を多めに討伐して海を渡らせないように調整するとか、海のクラーケンが輸送船の海路付近で現れた時は多めの討伐を指示するとか」

「輸送船も助けてるんですか？」

「そういうことになりますかね。これも陛下の指示なので詳しい話はわかりませんが」

完全に、人間を助ける側の考え方だ。もしかしたら王国の貴族より役に立ってるんじゃないのか？　特にほら、あの西海岸辺境伯の令嬢の……ああ今はその話はいいか。

「じゃあ魔王がいなくなった場合は……」

「今の魔人女王陛下が退陣するかお亡くなりになったら、魔人族王家長男である、陛下の弟君が政治を受け継ぐだけだと思います」

「女王なんだ……魔王を殺せば魔王の消滅と共に魔族が消えるとか、そういうのはないんですか？」


——その瞬間、場の雰囲気が変わった。

目の前の魔族の眉間《みけん》に皺《しわ》が深く寄り、僕を睨みつけるような顔になる。こうやって見るとやはり角があるだけで迫力がある、実際強いのは目の前で見ている。

不穏な空気だ。……そうか、今、女王に対して不敬を働いたからか……。丁寧に受け答えしてくれるこの娘に対し、調子に乗って口を滑らせてしまったと後悔した。

「……本当にあなたたち人間はどうしてそんな突飛な考えになったんですか？」

「教会の教えで……えっと……じゃあ消えないんですか？」

「……大体陛下を暗殺するとか失礼な……。……ビスマルク王国って、現ビスマルク国王陛下さえ殺せれば、王国民のニンゲンは光の粒になって消滅するんですか？」

苛立たしげな声で言った。

「……しない、です……」

会話していて分かった。間違いない。これは、自分の言っている内容の方がおかしい。どう考えても、彼女の方がマトモだ。

勇者の選定だの、女神の啓示だの、教会の教えだの。

いろいろ曖昧な部分に比べて、この魔族の言っている内容は何もかも理にかなっているし、そして説明されてみれば当たり前の話ばかりだった。

……改めて、今まで自分が言った質問の内容の非常識さ、そして人間の利になる指示を行う女王陛下、更にその女王を信頼している魔族の王国民である目の前の魔族の女性に対しての、あまりにも礼節を欠いた無礼さを恥じる。

少し椅子を引き、両手を机の上に置き、額をつけて謝罪の意を示す。

「……申し訳ありません、自分の硬い頭の思い込みによる無知と非常識で、あなたの気分を大きく害してしまったようです、あなたとあなたの陛下に心より深くお詫びします」

「────……!? あ、あああっそんな！ そんな、いえ、私そんな、謝ってもらうつもりで言ったのではないのですっ！ 不機嫌な顔をあなたに見せて、あんな嫌味っぽいこと、あ、あああ……ごめんなさ、怖がら、ないでください私そんな……つもりじゃ……！ グスッ……」

僕が一方的に失礼な質問をしたというのに、彼女は自分が不機嫌な表情を見せていたというたったそれだけのことを泣きそうなぐらい後悔して謝ってきた。というかもう泣いていた。涙もろすぎる。

……ここまで喋って分かったけど、間違いない。

——この子、いい子だ。

もうすっかり好意的な気持ちが強くなっていた。

頭を上げて、パンッ！　と手を叩いた。

「この話は水に流すとして、食べません？　きっとお腹がすいてるせいですよ」

「あっ、ああっそうですね！　はい！　おなかすきましたっ！」

彼女はそう言って目の端を拭うと、エヘへと照れ笑いしながら椅子に座り直した。

スープはドラゴンほど怖くはないと思います

出来上がった鍋を持ってくる。

「な、なんかもう、においからしてぜんぜん違う……！」

魔族さんが目を輝かせている。

「まだ蓋を閉じているからこんなもんじゃないですよ？」

「ほ、ほんとですかっ⁉」

「さて、どうなっているかな」

期待を胸に、蓋を開ける……！

「はわわわ………」

「おーおー、悪くないんじゃない？」

黒い無水鍋の中は、たっぷりの野菜の水分を出して、やや白濁《はくだく》した野菜と肉のスープに仕上がっていた。

なんだかさっきまで威圧感たっぷりだった彼女が、初めてケーキを見た童女みたいな反応をするので笑ってしまう。

早速スープを用意した器に取り分けていく。

「はい」

そう言って、娘の前に器を置く。

「……未知の香りです、おいしそう……」

そして当然、食器も必要だろう。さすがに僕が使っているものを使わせるわけにいかないので、姉貴が使っていたスプーンを置く。

「わあわあ、木ですかこれ！　綺麗なスプーンです！」

「ん……？　普通のスプーンですよね」

疑問を口にしてみる。

「はい、人間さんにはそうなのかもしれませんが、私たちはこういうものは作れないので。なので、輸送車などの余ったものとか、なんというかその、人間の……あっ山賊まがいのことはやったことないです！　なのですが、捨てられたものなどを回収して使っています」

「ああいや、もう人間をわざわざ襲うとか思ってないからいいですよ。なるほどそれで、スプーンを」

「えへへありがとうございます……。はい、食器一式。銀など金属製のものが壊れにくくて好きです。陶器はすぐ割っちゃって……。主に使うのはスプーンとフォークですね。ナイフというのはあまり使いやすくなかったので使っていません」

「使いにくい？」

「魔族だけかもしれません。不器用だけど顎《あご》と歯は強いので、まるまるフォークに肉を刺してかぶりついちゃうんですよね。肉はもちろん私はオーガの骨とかもそのまま砕けますし」

なるほど、確かに噛み切れさえすれば切り分ける必要はない。

しかしこの子、かわいい感じに言ったけどオーガの骨とか顎の力だけでかみ砕くらしい。受け答えは普通の女の子なのにスペックだけ強すぎる……。

「スプーンは塩味が足らない時に、鍋のスープを少し飲んだりするときに使いますね」

「――スープを……少し飲む？」

「はい。薄めた海水のスープです」

何を言ってるんだ？　と思ったけど、そういえば味付けは基本ないと言った。

「あれ、人間さんはスープ飲みません？」

「海水は飲みませんねえ……塩辛いですし」

「そりゃもちろん食べ物の味が薄い時にちょっとずつ飲むんですよ。スープってそんな感じですよね」

……ふむ。

「違います」

「へ？」

「スープはそれだけで完成された料理です」

「スープが、それだけで完成されている？」

「個人的には、味が凝縮されたそれは、肉より、野菜より——圧倒的においしいものです」

そう宣言する。……やがて、僕の言ってる内容がじわじわ理解できたのか、僕を見て、手元の器を見て、僕を見て、

「……それが、これですか？」

器を指差した。

「はい」

彼女が器の中を見て、オーガキングの前にいた時の比ではないぐらい、強敵を前にした戦士さながらの緊張を滲《にじ》ませた。

脂汗《あぶらあせ》を出しながら、呼吸を浅くする魔族。

……いや緊張しなくてもいいよ。なんだその「次に戦うのはドラゴンか……」みたいな顔。

スープだよスープ。

「いただきます」

「えっ！　あっまってくださあっもう食べ始めてるっ！」

待っててもちょっと埒《らち》があかなさそうなので、取り敢えず僕は食べ始めた。

まずは一口。とにかく肉の脂が浮いて、そのスープが飲みやすい。そこそこ濃厚、薄くなく、おいしい。塩も悪くない感じだったな。しっかり削った分が溶けているし、足らないこともない。

……黒コショウはもっと欲しいか。ピンクペッパーをそのままで追加しよう。

そして、野菜の甘さが出ている。玉ねぎが甘いのはもちろんだけど、とれたてのキャベツがいい甘さを出している。食欲も増進だ。さすが姉貴が僕に作らせるために持たせた鍋。ていうかさっさと帰ってこいよ姉貴。

んんんー、意外と、羊？　ラム？　うーん、そういえばオーガの角とかって山羊っぽいよな……。同系の角を持つ魔物は山羊系の味なのか？　わからない。今度はスパイス少な目で試そうか……どこかで食べた味だと思うのだけれど……自分が多めにスパイスを入れたせいでわかりにくい。

でも、良かった。これかなりおいしい。すごく食べやすい。素材に助けられて、及第点ってところかな。

と、自分の世界に入っていると、正面の魔族の娘が器を持って震えていた。

「こんな、おいしいもの……私ごときが先にいただいてもよかったのでしょうか、陛下……」

たった一口。器の中に入った暖かいスープを飲んだだけで魔族の娘は目を閉じて……ぐっと何かを堪えるように器を置いて両手を握りしめた。何事かと不安に思っていたらなんと涙を一粒こぼした。

想像していたより遥かにとんでもない反応をいただいてしまった……！

「す、スープ一つに大げさすぎますよ」

「おおげさ、では、ありません」

はっきりとした声が聞こえてきた。

「おおげさではありません。私は、ずっと、ずっとこの日が来るのを待っていたのです」

それから、魔族はぽつりぽつりと話し始めた。

「私、その、魔王陛下から、人間には近づくなと。……でも……豊かな、文化があって……。おいしい、料理があって……。綺麗な服、綺麗な指輪、腕輪、宝石……。美しい絵、楽しい音楽、建築、彫刻……。――何もかもが、まぶしすぎました……私は、私は人間の世界に行ってみたくて、でも、魔王陛下はお許しにならず……」

「じゃあ、なぜ」

「頼み込みました。自己責任で。絶対反撃せず、人間に殺されてもいいという条件で許可を得たのです」

人間に……殺されても良い？

「私は、陛下の言っていることがわかりました。人間にとって魔族とは討伐するもの、魔族の国々の差もわからないどころか、魔物との差もわからないもの」

そう言って、伏せっていた顔をこちらに向けた。

「私は……もしも、最初に出会ったのがあなたでなかったら。もしも勇者と呼ばれる、ハンスさんより強い人に出会ったのだったら。目を閉じて、命を差し出すつもりで来ました」

「そ、そこまでして……」

「そこまでしてでも。私は、来たかったのです」

彼女の目が、細く柔らかくなる。

「そして、私は、あなたに出会えました……ここまで優しくしていただけるなんて思ってもみなかった」

「……いやシリアスに告白してもらってるところ悪いんですけど」

「……ふぇ？」

「まるで僕のことすっごい聖人みたいに言ってますけど、そもそも僕が殺されそうになっていたのをあなたが助けてくれたところからスタートしていますからね⁉」

「あっ、そうでしたね？　ふふっ」

そのことを指摘すると、魔族の娘――リンデさんは楽しそうに目を細めて笑った。

「でも、心配ですね……」

「心配？　どうしたんですか？」

「いえ、オーガキングに出会いましたよね」

「確認するまでもなく」

「あれ、三体目なんですよね」

その肉をおいしく食べている。

「……は？」

「オーガキング程度でも、この村の村人って苦戦するんですよね？」

「程度……って」

どう考えても王都のギルドからAランク連れてくる敵だと思うのですけど。

「えっと、下位種ではないですが、基本的に一撃だとあんまり強く感じないですよね」

「…………」

そりゃまあ。ゴブリンとスライムの差ぐらいになりますよね、オーガキング。

「……あッ！　すみません私っ！　悪気があったわけではっ！」

「あー！　わかりますわかります、ええ！　悪気ないですよね！　あなたが素でこの村の村人より強いってだけで普通に話しているのわかりますから！」

「あなたの理解の深さにただただ感謝いたします……ほんとに最初に出会ったのがあなたでよかったです」

「ははは……」

だんだんこの子の会話に慣れてきた。

「話を戻しますね。三体目で、一応もう三体とも討伐して首は捨てて肉をアイテムボックスの中に解体してないまま入れてるんですけど」

「たくさん食べれますね」

「はい！　じゃなかった、ええっと、三体ともさっきと近い場所なんですよ」

……はい？

「……それって、もしかして」

「ええ、集まってきてると思います。食事に困らないのは助かりますけどねー」

感想の大胆さのスケールがあいもかわらずでかい。

「でも、私がいない時に、ひょいっと五体ぐらい来たら大変なんじゃないかなと」

「それは……確かに……」

大変なんてもんじゃない。一度対峙したから分かる。確実に、この村は全滅する。

「あっ、スープが冷めちゃう！」

「おっとそうでしたね」

僕たちはそれまでの会話を切って再びスープを口に含んだ。「はわあぁぁ〜」って声を出してうっとりする魔族。本当に、いい顔で食べてくれる。

「おいしそうに食べてくれて、僕も作った甲斐があります」

「天才的な料理技術です！　百点満点ですね！」

「七十点ぐらいですね」

――――楽しそうな魔族の顔がそのまま凍る。

「……は？　これが、七十点？」

「はい。もっと時間をかけて骨を沸騰させると、それだけでオーガキングのオーガ骨汁が出来ると思いますし、ちょっと血抜きは手を抜きましたかね。もう少し臭みは消えるはずです」

「……」

「あとやっぱりこれだけ濃厚ならもっとスープを作り込んで芋類があった方がよかったでしょうね。またガーリックを忘れていたのは痛恨の失敗です」

「……」

「正直、素材のおいしさと姉貴の買ってきてくれた鍋に助けられた部分が大きいですかね」

「……」

「まあ料理に点数つけるってのも可笑しいですけどね。いろんな味の種類が楽しめますし」

「――しゅ、るい？」

「はい、その辺はご存じないですか？」

「全く、です」

「じゃあ、はい」

そう言って、手元にあったクミンを多少ふりかける。結構味が変わるが、カレーの味に近くなる。

「よく噛んで食べてみてください」

「えっと、はい……」

恐る恐る食べる……すると、噛みながらじわじわと彼女の目が大きくなっていく。

「ち、違う！　全然さっきと違います！」

「面白いですよね、それがスパイスです」

そう言って手元の袋を見せる。正面の子が、台所の袋の山を少し目で見て、僕に目を合わせて真剣な顔で聞いてきた。

「あの……もっと、教えていただけませんか？」

「もっとですか、そうですね－」

軽く思いついたものを言おう。

「トマトってわかります？」

「はい、こちらの島でも野生で結構ある野菜ですね。酸っぱいですが、嫌いじゃないです」

「あれで煮込んだりします」

「あれで、煮込む？」

「はい。他に、バターとか、チーズとか、ドミグラスとか……この辺は焼く感じで」

「……」

「さっきのクミンに、ターメリックに、ガラムマサラって辛いスパイスをまとめたもので僧帝国の味になって……」

「……」

「それより手前の東の地で使うのはビーツです。トマトと違って味がないですが、スープが真っ赤になるボルシチは格別です、でもスメタナは今なかったな……」

「……」

「…………あっすみません！　なんだか僕ばかり話してしまって」

正面の魔族が震えている……ど、どうしたのかな？　勝手に喋りすぎたかな？

「……あの」

「はい？」

「それ、どれぐらい作れるんですか？」

「うーん、僕のアイテムボックスに多少は入ってますけど、再現できないものも多いですね。基本的に姉貴が買い込んだものを料理出来る僕がもらって使っている状態なので、なくなるとそれっきりです」

そこまで聞いて、正面の魔族が僕の方を向く。

「あ、ああありのっ！　交渉、していいですか⁉」

「は、はい⁉　交渉ですか⁉」

「はいっ！」

気合を入れる正面の娘。

「……村に来る、オーガキングと、あと言ってなかったですがオーガロード四十体ぐらい」

「は？　聞いてないんですけど」

「言うほどでもないかなと思って忘れてました。ほとんどは来る途中で倒しましたけど」

ごめん今ほとんどって言わなかった？　一体でも残ってるとやばいんですけど。

「ええと、それで、ですね」

「はい」

「わ、私が、村を、守ろうと思います！」

「え、え？」

「どうですか！　護衛として！　かなり優秀な自信ありますよっ！」

「も、もちろん存じております！　というかあなたが来なかったらとっくにこの村全滅してますよ」

でしょう！　とエヘンと胸を張る。でかい。

「……あっ！」

がばっと胸を自分で抱え込むようにして、「あはは……」と照れたように笑う。……なんだか段々、本格的にかわいく見えてきた……。

照れをごまかすように声を出す。

「でも、どうしてそこまでしてくれるんですか？」

「そこが交渉ポイントです」

そして、器を大切そうに持って、僕の方を見た。


「わ、わわわわ私にっ！　こ、このスープを毎日食べさせてください！　あっこのスープだけじゃなくていろんな種類あると嬉しいですっ！」


そうして、冒頭に戻る。

まあ、早い話が、断れないのである。断った時点でオーガロードが何体残ってるか分からないまま蹂躙《じゅうりん》されておしまいである。

それに――――。

「やった……！　やったやったぁ……！……えへへ……」

――なんだかんだ、もうリンデさんのこと、一緒にいたいと思えるほど気に入ってしまったのだ。

でも、これ。完全にプロポーズ受諾だよなー。

んー、まいっか。

リリー　停滞していた時間が動き出す予感がするよ

のんびりとした変化のない村で、私自身はそーゆー生活が続くのもいっかなーって思ってるんだけど……今日は大事件だ。

あ、私リリー。生まれも経歴も能力もどこまでもよくいる感じの二十歳既婚女子。自慢できることといえば、勇者が幼なじみで昔は肩を並べて戦ったりしてたよーってことぐらい。そうそう、その勇者ミアの弟で幼なじみのライがびっくりなのだ。

なんか、思いっきり角が生えてるスタイル抜群な美女を連れてきた。角があまりに迫力あって一目見て魔族ってわかるし、ライ自身も魔族って言い切った。びっくりだよ、君のお姉ちゃんは今魔王を倒すために世界を旅してるんだよ。言わなくても分かってるだろうけど。

ていうかオーガキングよ！　初めて見たんだけど何あの巨大な首！　それをありえないでしょ一撃で倒したとか、ライ大丈夫なのあんなの連れ込んじゃって！　と言いたいところなんだけど、そのライが助けられたというのだからびっくりだ。びっくりしっぱなしだ。

でも、あの魔族……確かに悪い人にはとても見えないんだよね。これでも人を見る目には自信がある。恐らく放っておいても大丈夫。

とはいうものの、それはそれ、これはこれ。

「……っていう気持ちなんだけど、みんな一緒よね」

声をかけると、目の前の冒険者の男三人衆が頷いた。あ、私の旦那は今ちょっと留守にしてるのよね。

「当たり前だろ、魔族だぞ魔族……否定してるのならともかく、自分で魔族だって言ってたしな」

「大丈夫だと確信していたとしても、気になるのはまた別だよな」

「それな」

だよねー三人とも同じ感想だよねーわかるわかるー私もおなじー。ってわけで、ライが魔族とどんな会話をしているかこっそり聞きにいきます！　決して興味本位というわけではなくて、これは、えっと、そうそう！　村を代表する者の一人として調査しているわけであって決して面白半分で後で茶化すネタを仕入れるとか、ミアと一緒にからかう準備をしているとかそーゆーわけではございませんとも！

自宅兼酒場の両親に、帰ってくるまで手伝えない旨を話した。さて、その分しっかり情報収集しますか。

私たち四人はライの家にゆっくり近づいていく。……あの魔族に気取《けど》られたりしないわよね、ね？

窓の近くまで寄ると……ライの声が聞こえる。結構大きい声で喋っていて助かったわ。私は隣の三人組に顔を向けると、無言で自分の口と垂直に人差し指を立てる。私の喋るなサインを理解して、三人が私と同じポーズを取った。オーケーオーケー……。

「……なんか、教会の話してる」

「そうだね……」

ライが話しているのは、ハイリアルマ教の常識だ。本人に踏み込んでいくなんて思い切ってるじゃん、村に入れた責任とかやっぱ感じて具体的に相手がどういうものなのか気にしているのかな？

しかし、そんな教義の常識を魔族っ子が悉《ことごと》く討ち滅ぼしていってる。

「話聞いてるけど……」

「うん……」

「自分らがバカに思えるぐらいすっごいまとも……」

「それな」

ちょっと前なら、さっきの『魔王は戦わない？』『えっと、当たり前でしょう……？』という会話に驚いていただろうけど……その会話直前の『人間の王は、人間で一番強いんですか？』というごくごく当たり前の発言を受けて、私も魔王が一番強いってそりゃおかしいよなあって思い始めた。

ミアにムカつく発言したうちの王国の肥満王が戦うわけない。

「話聞くだけで、魔王様めっちゃいい人なんですけど」

「それな」

うん、正直こんなのに警戒心抱く方がおかしいわってぐらい彼女の言い分は真っ当だ。どの辺りが人類滅ぼす要素なのか全くわかんないってぐらい。

大体なんだ今の『魔物を多めに討伐して海を渡らせないとか、海のクラーケンが輸送船の海路付近で現れた時は多めに討伐するとか』って。魔王様人間護ってるじゃん、さっきの発言の瞬間みんな顔見合わせたよ。魔族に人類滅ぼされるどころか、魔族がいないと人類滅ぶじゃん。

……と、私たちがこそこそ会話をしていると、一瞬で空気が凍ったのが分かった。

「……今、ヘマしたねライのやつ……」

「すっげ怒ってる」

「優しい人が怒るのが一番やばいってパターンだこれ」

「それな」

……今ライが言っちゃった『魔王が死ぬと魔族が滅びる』という話。あの魔族の明るさに甘えて踏み込んだこと聞いたなって思ったけど、完全にアウトだわ。

なんとなくあの魔族なら大丈夫かと思っていたけど、いやとんでもない。私たち王国民に対する国王への嫌な貴族みたいな感情と違い、魔族は魔王へ完全に忠誠を誓っている。でも話を聞けば聞くほど、そりゃそうよねってぐらい魔王はよくできた人物だ。盲信しているとかじゃなくて、ちゃんと理性的に魔王様の良さを判断した上で慕っているんだろうなって思う。

ライが謝罪した。……どうだ……？……よかった、緊張はすぐに緩んだ。外で聞いているこっちもみんなほっとしている。

食べ始めた。ライの料理解説とともに、魔族の初めての食事が始まる。その感想は……とっても感激していた。ライが大げさって表現したのもわかるぐらい、スープ一つのために命を賭けてきたような感動っぷりだ。

……。それにしても……。

「お腹空いてきた……」

「わかる」「わかる」「それな」

そりゃもーすんごくいい匂いが漂ってくるのよーっ！　あーもー晩食べてくればよかった！　うわーもー絶対おいしい、お母さんのところっつーかウチで修行してたから、悲しいかな私より圧倒的に料理が上手いのは知っている。ライ自身が努力してきたことはもちろんだけど、それを含めてもあの味付けのセンスは天性の才能よね。レシピとか物覚えは超いいし他国の料理にもちょい通じてるし、何よりどれも安定して美味しい。

でも……出来上がった料理に満足している顔をしたことは一度もないのよね。そりゃ上手くもなるわ、ライの目標ってどこなのよ。

「私もライの料理はやばかったんだよなー」

「やっぱリリーもちょっと脈あったか」

「そりゃね、ミアの弟だし」

「でもザックスとゴールしちまった」

「そーね……」

年下だけど年齢の割にしっかりしていた頭もよくって顔も良くて背も伸びて、なんといってももうちのお店の厨房に立ってほしかったぐらいの料理の秀才だもん。しかも幼なじみとくれば、条件はもう完璧だ。恋愛小説なら『幼なじみだけど距離が近すぎて告白にまでいかない、だけど最後は告白する』系のやつね。

だけど……あの頃のライにはどうしてもそういうことをする気になれなかった。鬼気迫る勢いで調理を学ぶ彼に対して不誠実だと思ったし、同時に玉砕するのは怖かった。

ある日私は、七人の幼なじみグループの一人だったザックスから告白された。ザックスのことは嫌いではなかったし、片思いされていたというのは悪い気はしなかったし……何より、相手に振り向いてもらえない気持ちは誰よりも分かっているつもりだった。元々自分にとって誰が一番かって決めていたわけじゃなかったから、断るという選択肢は思い浮かばなかった。

そして付き合い、めでたく結婚した。ハイ、私の話はこれでおしまい。

「結果はそうなった、そんだけのことよ」

「それな」

それにしてもさっきから君それしか言ってないね？

おいしく食べている様子を恨みがましく耐えながら、みんなで壁にはりついて聞いていた二人の会話。それもどうやら終盤にさしかかったようだ。

『どうですか！　護衛として！　かなり優秀な自信ありますよっ！』

『も、もちろん存じております！』

……どーにもあの魔族の話を聞けば聞くほど、思うことがある。

「絶対強いと思うけど、そこまでするか普通」

「あの魔族さん、なんか、ライに対する好感度すごいね？」

「俺もう魔族に持ってたイメージ元々どんなだったか忘れた」

「それな」

なんというかあの子、ライに対して超必死だ。ちょっと微笑ましくなるぐらい、ライに食らいついていっている。そーね、料理ってものがない国から、ライの持つハーブ・スパイスのセンスから生み出されたアイントプフのスープを飲むと、間違いなく世界が変わるわよね。

ほっこりしながら聞いていたら——とんでもない会話が飛んできた。

『わ、わわわわ私にっ！　こ、このスープを毎日食べさせてください！』

「……」「……」「……」「……」

『い、いえ！　別にかまいませんよ！　毎日作ってあげましょう』

「……！」「！」「！」「！」

びっくりした。あまりにびっくりしてみんなと顔を見合わせる。

「おい」

「言ったぞ」

「どう考えてもプロポーズだったよね？」

「魔族さんはともかく、少なくともライムントは絶対分かっててオーケー出したよな今」

分かっていないはずがない。いや女の子が作ってもらう側ってのは新しすぎるけど。レストランのシェフへのプロポーズとかだとあるのかしら。

「ていうかライムントは誰とも縁ナシだっけ」

「リリーがザックスと結婚してから村もう未婚誰もいないだろ」

「しかもミアの留守を守るから、城下街の子と結婚するという可能性の低いだろうし」

城下街の女性は、城下街の便利な生活に慣れているので村での住まいは嫌がる傾向にある。だからライは、未成年を除いてこの村唯一の独身だ。

私はすこーし考えた。今の二人の雰囲気……悪くない。悪くないっていうか、ライがこんなに明るく話しているのも、もしかしたら久しぶりに聞いたかもしれない。

正直言うと、親友ミアの留守を預かっているライが楽しそうにしているだけで、自分のことのように嬉しいという部分もある。何かこう、わくわくするようなこれは……そうだ、彼のどこか五年か七年前から停滞してしまった時間が動き出しそうな、そんな予感だ。

「……村人全員で後押ししたくない？」

「俺も思った」

「いいんじゃね？　先に良い感じになるよう囃し立てる空気でも作って後押しすっか」

「それな」

親指を立てる噂好きの男衆。更にこいつらの奥さんは全員こいつら以上の噂好きだ。ははっ、こりゃーもう明日には村全体に広がってるの決定的だわ。

『魔人王国・国王直下『時空塔騎士団 第二刻』魔人族のジークリンデ。リンデと気軽に呼んでいただければ嬉しいです、よろしくお願いしますっ！』

「リンデ」

「リンデさん」

「リンデちゃんかー」

「でも聞いてないよな俺ら、明日それとなく自然に名前聞かなくちゃな」

「それな」

そう、今日の会話は聞かなかった。

「ではそろそろ、ばれてもいかんので解散しよか」

「それな」

まだまだ会話は気になるけれど、あんまりプライベート覗くのも悪いわよね。ま、懸念事項は見事になくなっちゃったし、リンデちゃんはかわいいし、どー考えても『良い子』以外の感想は出てこないし。ってゆーかめっちゃ護ってもらえそうだし、反対したところで追い出せないほど強そうだし。

……いいえ、むしろ村人が住まわせることに反対したら、きっと出て行っちゃうでしょうね。ちょっとだけ会話を盗み聞きしただけでも、そういう性格の子だろうなってことはわかる。

オーガロードの強さは、一定の年齢以上ならみんな憶えている。どちらかというと出て行かないでくださいってお願いしなくちゃいけない側よね、私たち。

私はライとミアの家を離れた。……ライの明るい表情を引き出す係を担えなかったことに自分でも気付かないほど胸がちくりとしたけど、その感情を塗りつぶすように大きな声を上げながら営業中の店に戻ってきた。

「帰ったわよー酔っ払いどもっ！　飲む奴はいるかーっ！」

「こっちだぜー！　リリーちゃん！」

さあ、私の日常へ切り替えていこう。

楽しい毎日になりそうです

「おはようございます、リンデさん。朝ですよ」

翌朝、僕は姉貴のベッドに寝ているリンデさんを揺すって起こそうとした。しかしリンデさんは、眠そうにしながら「ふかふかぁ〜」と呟いて、全く動こうとしなかった。

「まいったな……って、うわっ！」

寝ぼけているのか、リンデさんが僕の服を掴んだ！　分かってはいたけどとんでもない怪力……！　まるで子供と大人、いや、ゴブリンとキュクロプスのような、根本的に種族の壁があるとしか思えない力で……、

……ベッドの中に引き込まれた。

「あったか〜い……」

「!?……!?」

僕は……リンデさんにベッドの中で抱きしめられた。目の前にリンデさんの顔がある。目を閉じると、本当に角が生えただけの絶世の美女。あ、ちょっとヨダレ出てる……。

……いや、そうじゃない、かなりまずいかなりまずい！　リンデさんが、自分の首元に僕の顔を埋めるようにして再び強く抱きしめてくる……なんだこれ、すっごくいいにおいがする……香水ではないけど、魔人族ってこんなにおいなのか……？

そして……必死に意識を逸らそうとしているものが……派手に押しつけられて潰れているそれが……かなり、まずい……魔人じゃなくて淫魔《サキュバス》だったか……？　こんなの、村にも王都にもいない。

頭が桃色のもやで染まっていく……。

……ああ、本当にいいにおい……まるで、焼きたてのトーストと、挽《ひ》き立てのコーヒーのようだ……お湯の沸く音までしてき……。

ん？

……………………そうだったーっ！

「リンデさん！　リンデさん！」

「んゅ……？」

「……あさごはん……！」

「朝食です！　ごはんです！　おいしいごはんですよー！」

リンデさんはゆっくり目を覚まして、そして、現状を認識した。

「……あの、もしかして、これ私が抱きしめてます？」

「……はい」

「朝食を作って呼びに来たところを、寝ぼけて無理矢理？」

「理解が早くて助かります……」

リンデさんが……ゆっくり、僕を解放して……ゆっくりベッドから降りて……。

「っすみませんでしたぁぁぁぁーーーーっ！」

土下座して、渾身の魔人頭突きで床の木の板をぶち抜いた。

「ああああああーーーっ!?」

そして家を壊したことに自分で派手にショックを受ける。

朝からなんというか、フルパワーで元気な子だった。

「ああ、いいですから、ていうか僕もそんな嫌じゃなかったですから」

「ほ、ほんとですかっ!?」

「リンデさん、なんだかいいにおいだったし……」

「えっ……？　魔族の人、私の体かなり悪い臭いって言ってたんですが」

「そうなんですか？」

まるで内緒の話のように、小声で会話する……。

「……というか、その、においとか、分かるぐらいずっと抱いてたんですね……」

「あっ、すみません……えと、はい……」

「本当に、嫌じゃなかったです？」

「その……むしろ、好き、というか、よかったです……」

「……そ、そう、ですか……ありがと、です……。……そうだ、痛くはなかったですか……？」

「それも……気持ちよく……て……むしろ、すごく、よかった、です……」

「……ほ……ほんとに……それは……うれしい……私も、よかった、です……」

「……」「……」

な、なんだろうこの新婚夫婦みたいな初々しい会話……ああでも、新婚夫婦みたいなもんか……？　絶対向こうはそういう認識ないけど……。そもそも同棲《どうせい》するという時点で結構その、恋人みたいなもんなんだけど、そういう認識ないのかな……？

「あの、魔族ってこんなふうに普通に同棲したりするんですか？」

「いえ、しないですね。結婚したりすると一緒に住みますけど」

「……」

「……あっ」

ようやく現状が分かったようだった。というか、遅すぎた。この子、頭がいいのか悪いのかまったくわからない。

「で、出て行った方がよいですか⁉」

「野宿嫌だって言ったじゃないですか！　いてくれていいですから！」

「い、いいんですか⁉　いつまで⁉」

「むしろ今更外に出すと僕が罪悪感で死にたくなるのでずっとここに住んでもらってかまいませ

ん！　っていうか昨日の今日で、また一人暮らしに戻るというのも僕が嫌なので！」

「……わ、わかりました、じゃあ……ずっと、います」

「……はい……」

ああもう……どうしたものか。本当に新婚生活になってきた。リンデさんは……僕のことどう思ってるんだろう。

「ところで……」

「はい」

「このシューッて音、なんです？」

「…………朝食の準備でしたーっ！」

僕はあわてて調理場に戻った。


姉貴の買った物のひとつ、コーヒー用ケトルにかけていた火の魔法を止める。

「これはやりすぎた……水入れて沸騰しなおして、冷まさないとな」

水分がほとんど蒸発したケトルにもう一度、多めに水を入れて、沸騰させた。それから二つのケトルでお湯を行き来させ、適温になったところでコーヒーの粉にお湯を注いでいく。まずは吸わせて……この豆、いい豆だったな……よし、十分湿ったら、中心にお湯をゆっくり注ぐ。中心が膨らんで、白くなっていく泡を見ながら、僕はふと思う。

……そういえば、苦いコーヒーってどうなんだろうな？

ミルクと砂糖を準備し、僕は食卓へ持っていく。朝はパンとチーズとハムとスープ、そして……今淹《い》れたコーヒーだ。

リンデさんは、そわそわしながら既に昨日と同じ位置に座っていた。

「できたよ、それじゃいただきます」

「やたっ！　いただきますっ！」

まずはパンを食べる。この硬いパン、朝食だね！　朝を実感しながらパンをコーヒーで流し込んでいく。チーズとハムもパンに載せて、食べる。スープは普段は作らないけれど、今日はリンデさんがいるから、せっかくなので作ってみた。

昨日とはまた違う、クローブ中心の煮込み。あと血抜きも念入りにしたので、今度は本当においしい。八十点、と言っても良さそう。

リンデさんは……なんか、もう、パンをさくさく噛み切っていく。そのパン硬くて、そんな前歯だけで小気味良く食べられるはずないんだけど、もうリンデさんのスペックは今更である。オーガの骨よりはやわらかいもんね、そうだよね。

やがて僕がチーズをハムと一緒にパンを食べているのを見て、フォークを使って真似しだす。といってもフォーク自体の使い方がかなりヘタだった。本当に、びっくりするぐらい不器用なんだな……。

「おいしいです……！　この黄色いの、噛みごたえふしぎ！　味が濃くてすごい！　なんだか白っぽいのも、赤っぽいのも、全部同じやつです？」

「はい、チーズです。乳製品で……といってもわかりにくいですね、それもいろんな種類があって、どれも個性的でおいしいですよ。そのお皿に載っているのは似ている味のものだけです」

「わたし、興味あります！　変わったの、沢山食べたい！」

リンデさんはチーズを体験して、他の味にも興味を持った。好奇心旺盛な子だった。

「ピンクの丸い……これ肉です？　薄くて、丸くて、綺麗……！　こんなことができるんですね！

……薄いのに塩味もすごい！　チーズと口の中で混ざって、しあわせ、しあわせ～っ！」

「ええ、ハムですね。肉を使った食べ物も沢山ありますが、どれもパンと一緒に食べるとおいしいですよね」

「パン、ですか？」

「ああすみません、その茶色く焼いている、ちょっと硬めの……そう、それです」

「あっ薄味と思ったら組み合わせて……！　なるほど、これだとちょうどいいです！」

リンデさん、挟んで食べるのも気に入ってくれたようだ。

「しかもまた朝からスープの香りなんて贅沢すぎますよぅ！」

「普段は食べないんですけどね、リンデさん気に入ってくれたので、早起きして作りました」

「幸せすぎます……ほんとおいしい……昨日と味付けが違うのに、昨日が百点満点だと思ったのに、今日も百点満点でおいしい……昨日より、というか普段食べていた肉の、あの独特な後に残る臭いが全くない……すごい、確かに今日のを食べると昨日のは百点じゃなかったと思えてしまう……今朝のもほんとにおいしいです……！　ああもう、食べる度に陛下が頭の中で不機嫌な顔をして、食わせろ！　って言ってきてます！　でもあげません！　おいしいおいしい！」

おかわいそうに魔王様。一日経過してリンデさん、料理にめっちゃ慣れちゃいましたね。

次に、リンデさんは近くにある黒い飲み物に目を向ける。

コーヒーだ。

「なんか……いい香りですねこれ……香ばしい……」

「飲んだら苦いと思うので、苦手かも……まず少し飲んでみて下さい」

「はい……………わっ」

少し口に付けて、リンデさんは驚いた。

「これ、不思議な味ですね、でも思ったほど苦くはないです」

「そうですか、それはよかった。じゃあ……」

僕は、砂糖を一つ、濃いミルクを少しコーヒーの中に入れた。

「ふわぁ～……きれいぃ～……」

リンデさんは、ゆっくり混ざっていくコーヒーの様子にも大きく感動していた。なんだか見ること全てが感動って感じで、見ているだけで微笑ましくなってくる。

それは、まるで、子供のようで……。

――――そうだ、僕も最初にコーヒーを見た時は、ゆっくり混ざっていくのを、楽しんでいた。

うねうねしていく白と黒が、やがて乾いた土の色になるのを、姉貴と一緒にきらきらした目で見て、父さんと母さんがくすくす笑っていた。

あの時の両親も、こんな気持ちだったんだな。

生まれて初めて食べたチーズは、ちょっと変な感じだった。ハムは好きになった。ソーセージは大好物になった。ザワークラウトは、変な味で嫌いだった。おじさんっぽい食べ物であまり好きになれなかった。エールを煽《あお》りながら『いつか一緒に食べる日が来るさ』と言ってる父がおっさん臭くて嫌だった。

今では、どれも、食材を見れば調理を考えてしまう。作る側として、冷静に情報を処理する。下味にはどうか、組み合わせはどうか、調理による色合いは、出来上がった食事の完成度は————。

でも————なんだか、リンデさんといると、忘れていたものを思い出していく感じがする。

「リンデさん」

「はい」

「飲んでみて下さい」

「は、はい！」

リンデさんがコーヒーを飲む。砂糖とミルクが混ざったコーヒーを初めて飲む姿を、目に焼き付けようとしっかり見る。

「……！　す、すごい！　甘い！　濃い！　おいしい……！」

目尻が下がり瞼《まぶた》が閉じる。口角が上がり横に広がる。完璧な、喜びの表情。

リンデさんは、僕の朝食を、全部「おいしい」と言って、食べてくれた。

「リンデさん」

「はいっ！」

「ありがとうございます」

「え、え⁉　なんでライムントさんがお礼を言うんですか？」

「一人で作っても、食べた人を見れないんですよ。だから、おいしいって言ってもらえるのって、幸せなんです」

「そうなんですか？」

「そうです」

僕は姿勢を直すと、リンデさんと真剣な顔をして向き合った。

リンデさんも、真面目な話だと思って姿勢を直してくれた。

「リンデさん……僕はね、母さんに影響を受けて料理を作っているんです。母さんの料理は、とてもおいしかった。毎日違う料理が出て、毎日おいしかった。

でもね、僕は、嫌いな野菜が出ると、嫌いと言ったり……だんだんと、おいしいと言わなくなってしまったんです。慣れてしまって。体に悪くても、好きな味の料理しか食べない。そういうわがままな子供です。

好きな料理も、褒めなくなりました。

父さんも、言わなくなりました。

姉貴も、言わなくなりました。

でも、母さんは、ずっと作っていました。……多分、料理する時に笑顔が少しずつ減っていっていました。最初はもっと楽しそうに鍋を見ていたと思います。……そのことに、今の今まで全く気付きませんでした。

……ある前の晩。僕は、母さんの料理を、食べなかったんです。人参が、嫌いだから。母さんは、悲しそうな目すらせず、いつものように人参を捨てました。僕はその姿を、嫌いなモノを出したからだと、当然のように思いながら見ていました。

翌日、夏の暑い日……オーガロードが出た時、僕の両親は足止めをして僕を逃がしました。討伐隊が戻ってくる頃には、二人とも死んでいました。

最後の日の夜……ゴミ箱に入って腐った、母さんが料理した、もう二度と食べられない人参を見て……愚《おろ》かな僕は一日中泣きました。

それから姉貴の食事を作るようになって。毎日料理の練習をして。……厳しい姉貴でね、外で食べたものの再現を要求され、何より母の料理の再現を要求され。いつもうまくいかなくて、微妙だとはっきり言ってくる人でした。だから、ずっと、練習しか……してこなかった。

そのうち味を再現する理由を、味を良くする目的が分からなくなっていました。

今、リンデさんが僕の料理をおいしく食べてくれて。おいしいと言ってくれて。初めて、料理を作る意味が分かりました。姉貴においしいと言ってほしかった。ずっと、そんなことも……そんな大事なことも、忘れていたんです。……だから、ありがとうございます。

リンデさんと食事が出来て、僕は今、ようやく母さんと同じ場所に立てました」

僕はリンデさんに話した。リンデさんは……もう途中から泣いていた。

「ぐすっ……ライムントさんが、そんなに苦労をして、そんな悲しい過去を持っていて……ひっく……私のために、料理を作ってくれて……！　私、わた、し……ライムントさんの料理、ただおいしいとだけ思っていたけど、ものすごく、過酷な人生……料理一つに積み上げてきたものがあって、だから、こんなにおいしいんですね……！　今、私、世界一幸せな魔族です……！」

「リンデさん」

「っ……はいっ……！」

「これからも、僕の食事を食べてくれますか？」

「はい……！　毎日、毎日、食べたいです！　毎日、ライムントさんに、おいしいと言いたいです！」

リンデさんは、目尻を拭いながら、泣き笑いの表情で返事してくれた。

……もしかしたら、本当に救われているのは僕の方なのかもなって思いながら。

僕は、昼食を作るのが、もう楽しみになっていた。

……そして、料理は、僕のもう一つの……。

意外とみんな、嫌悪感なさすぎました

朝食も終わったというところで、今からしなければならないことを切り出した。

「さて、リンデさんが護衛のために長期に渡って住むことになるわけです」

「はいっ！」

「なので、これから皆にリンデさんが住むことを説明して挨拶回りをしようと思います。ただ、皆が受け入れてくれるかどうかが少し心配ですね」

「……あ、そう、ですね……」

朝食で明るくなったリンデさんの顔が曇ってしまう。普段が無邪気なだけにその顔は本当に悲しそうで、僕はあわてて弁明をした。

「し、心配しなくても大丈夫ですよ！　昨日のリリーみたいに受け入れてくれる人ばかりだと思いますから！　もしもトラブルがあったとしても、僕がリンデさんを守りますから！」

「ほ……ほんとですか……？」

「そこは必ず！」

きっと大丈夫なはずだ。いくら権限があるからといっても無茶なことは言わないけど……オーガロードは別だ。あれを単独で苦なく倒せるリンデさんを、村の人達が拒否するとは思えない。

「だから、一緒にどうですか？」

「は、はいっ！　覚悟を決めて一緒に行きますっ！　い、一緒ですよ、絶対ずっと一緒ですよ！」

オーガキングの首を一撃で斬り飛ばすリンデさんが、人間に嫌われるという可能性だけで本気でびくびくしている。そんな心優しい魔族の姿に温かい気持ちになりながら、ドアを開けた。外の爽やかな空気が家の中に入ってくる。

「さあ、行きましょう！」

「は、はははいっ！」

リンデさんも覚悟を決めたのか、緊張しながらも朝の村へと踏み出した。

まずは……お世話になったというか、リンデさんを村に入れる際に決定打になってくれたリリーだ。

軽くノックをする。

「おーい、リリーいるか？」

少し時間をおくと、どたどたと音がして、

「朝っぱらから酒とかやってないわよ！……ライじゃん、どったの？」

いやお前それ開口一番にどうなんだ？　リンデさんも後ろで目を丸くしている。……っとそうだった、リンデさんだ。

「紹介に来たよ、魔人族の人、改めジークリンデさん」

「は、はじめましゅて！　リンデとよんでいただければですです！　昨日はありがとうございましたっ」

……噛んだ。

「噛んだ」

「うう……っ」

「アハハ！　可愛いわね！」

「……ふぇ？」

容赦なくリンデさんが噛んだことを指摘しつつも、そんなリンデさんを見てリリーが高らかに笑った。

「私はリリー、ここで酒売ってる女よ、よろしくね、リンデ！」

「あっはい！　よろしくですリリーさんっ！」

随分と気さくに話しかけるリリーに驚くリンデさん。

「お前……随分慣れている感じだな？」

「だってリンデちゃんかわいいじゃん？　ライも結構気に入ってるっしょ」

「ま、まあそうだけどさ……ちょっと驚くよ」

「この私の人を見る目は間違いないからね！　だから村に入れたわけよ」

「まあお前の事今更疑っちゃいないけど、それにしても極端だな……」

ちょっと疑問に思いつつも、つっこまなかった。

大将はまだ寝ていそうなので、次の挨拶に向かうため「じゃ、また夜来るよ」とおいとますることにした。

ほっとしてリンデさんと二人で家を立ち去ろうとすると。

「お幸せにーーーっ！」

最後に背中から降ってきた唐突なセリフに、ものすっごい驚いた。それは、結婚した奴へのセリフだろ！

「あ、あいつ……！」

隣のリンデさんを見ると……頬を染めて俯いている。……今の意味は、これ、通じている、反応だよな……。

「あ、あの、リンデさん……」

「すみません、私のせいでご迷惑を……」

「いえ、迷惑なんて思ってませんから！」

「ほんと、ですか？」

「そりゃもちろんです！　さあ次々行きましょう！」

なんか、変なこと言ってないか？　大丈夫か？　今のやり取り本当に不自然じゃないか？……あれ？

ま、まあいいか。自分をごまかすように、次の場所へ行く。


次の場所は……頼れる姉御、エルマが仕切るギルドだ。

僕はこの村の、村では比較的大きいギルドの扉を開ける。まだ朝早くて準備中のエルマ以外は誰もいない。

「おはよう」

「おう早いなライ……っと、そっちが噂の魔族さんか」

「は、はいっ！　ジークリンデ、リンデと申します、よろしくおねがいしましゅ！」

また……。

「ははっ、確かに可愛らしいし丁寧だ！　噛んじゃうところもポイント高い！」

「うう……」

「アタシはエルマ。話はリリーから聞いてるよ、なんでもすげー強いんだって？　頼りにしてるよリンデさん」

「はいっ！　おまかせください！　といっても何をすればいいのか……」

「ああ、魔物とかいたらさくっと倒して持ってきてくれたらいいよ！」

さすがにエルマの姉御は魔族が来たぐらいで動じないか。なんだか自分の感覚が麻痺している気がするけど、うーん……？　まあ……大丈夫そうなら大丈夫でいいか。

「そうだ、リンデさん」

「はい？」

「姉御にオーガキングとかオーガロードとか、解体してもらいましょう。村で一番数こなすので上手いですよ姉御は」

「あっ、それはいいですね！」

リンデさんが笑顔で頷く横で、「オーガキングつったか今」とつぶやくエルマ。

「どこで出しましょう」

「よし、奥だ」

「はいっ」

……大丈夫かな？

「はああー!?　なんじゃこりゃあ！」

……まあ、そうなるよな……。僕はエルマを追って奥に入って行った。鉄で出来た解体用の台の上で、オーガキングの巨体が横たわる。

「これ、首を一撃……か？」

「はい、一番手早いし、あとお肉も無駄になりにくいです。あんまり顔は食べたくないですし」

「食べ……？……そう、か。話には聞いていたが、これはなかなかの期待の新人だ。……よし！この肉今から解体しようじゃないか！」

「はい、お願いします！」

僕はリンデさんとオーガキングの解体の様子を見る。

さすがエルマ、使っている獲物もいいのか物凄いスピードで肉を正確に斬っては、部位ごとに素早く分けていく。

隣のリンデさんはというと……。

「すごい……ライムントさんよりはやい……すっごいかっこいい……すてき……どうやってあんなに……すごいなあ……」

「――――あーっもーー！　ちょ、ちょっと黙っててもらえない!?　嬉しいんだけどさ、年甲斐もなく照れすぎていかん！」

案の定追い出された。ちょっとリンデさんは不満そうな顔をしていた。

わかるよエルマ……照れるよなこれ……すっごく普通にやってるつもりなんだけどさ……。

しかしエルマの照れ顔という、旦那以外には見せたことないんじゃないかってぐらい貴重なものを見られた。リンデ様々。

「追い出されちゃいましたね……」

「悪い気はしてないからいいと思うよ」

「そうなんです？」

「ええそうです」

数刻待つと、エルマが出てきた。まだちょっと顔が赤いというか、嬉しそうな感じだ。

「ええと……ま、やってきたよ。ちょっと金額的に払えるかわかんないけどさ」

「えっ、お金をもらえるんですか？」

「……普通、そういうもんだろ？」

「気にしたことなかったです……あの、悪いことしちゃいましたか……？」

「まさか！　むしろ村に入る前に倒してくれて本当に良かったよ！」

そりゃそうだ。村に入ってしまったらあんなのを相手に出来る村人はいない。姉貴でも帰ってこないと無理なんじゃないだろうか。

「えーっと、お金とかはいいんですが……」

「いや、金は払わせてくれ。さすがに心苦しい」

「いえ、あの、今の様子だと多分無理だと」

「バカにすんなよ、そんなに貧乏じゃねえよウチは！」

「ひうっ、もも申し訳ありません～！　あの、それじゃ、もう一体のオーガキングと」

「……？　もう、一体？」

「あと、オーガロードが四十体いるんですけど」

「――――」

あ、これ完全に想定外だったな？　まあ僕から見ても想定外すぎるし。エルマは目頭を押さえて、次にこめかみを押さえて、

「……う～ん……」

言い切った手前、頭を悩ませた。

「……すみません……やっぱり、出しません……」

「そう、してくれると、助かるわ……王都までこれを売りに行ったらまだ多少は追加で買い取れるけど今一括は……」

リンデさんも、それを察したのか出さないことにしたようだった。やはり、いきなりこの規模は無理がありすぎた。

「しかしさっきは流したが……オーガって食えるのか？」

討伐報酬が出るが、人型は忌避《きひ》感がやはりあるのと、禁忌みたいな教えがうっすら蔓延《まんえん》していて、食べたことある人はいなかった。そういえば、これも教会の話だったな……。

「あ、食ったけど羊っぽいよ。というかめっちゃおいしいんでびっくりした」

「ほお……」

それを聞いてエルマも目を輝かせた。

「じゃ、アタシも食べてみたいな」

姉御も食べてみたい……あっ！

「――――そうだ！」

「どうしたライ」

そこで僕は、アイデアがひらめく。

「リンデさんのオーガロードの肉、いっそ村の人に振る舞ってしまいません？　僕が調理するんで」

「あっ、それいい！　それいいです！」

金貨何十枚になるだろうオーガロードの肉を惜しみなく振る舞うという、あまりの大盤振る舞いに、エルマが顔を引きつらせる。

「……いいのか？」

「はい！　まあんまり強くないしそこらへんにまだ沢山いると思いますので、勿体なくはないかと！」

「――――は？」

……リンデさん、昨日の話と、ちょっと違う気が……。

「その辺に沢山ってあんたどういうことだ……？」

「いや、だからその辺にまだ残ってて――――」

――言っている途中、ドアの外から耳を劈《つんざ》く悲鳴が聞こえた。

「これは……リリー!?」

「くっ、やべえな……ライ、お前は……あっ」

途中まで喋っていたのを止めて、エルマが間抜けな声を上げてドアの方を見る。その方向を見ると……リンデさんがいなかった。

一人で出て行ったのか、気付かなかった……！　僕は急いでリンデさんの後を追ってギルドを走り出た。

表に出た瞬間。

もう終わっていた。

「……大丈夫ですか？」

「……（コクコク）」

「それはよかったですです」

リンデさんはオーガロードの巨体に足をかけながら、笑顔でリリーに声をかけていた。どうやらあの巨体を押し倒して心臓をその剣で一撃、らしい。

「村にはもういないようですし、少し外の様子を見てきますね」

言うやいなや、リンデさんは目の前からふわっと消えた。

「…………あ…………ライ……」

「大丈夫かリリー！」

「……う、うん……悲鳴を上げた瞬間、リンデさんが来てくれて一瞬で倒してくれたよ。……本当に強いね、リンデさん……」

僕たちを追ってギルドに来た所でギルド横の森の入口から現れたオーガロードに出くわしたらしい。

リリーもリンデさんの威力を目の当たりにして腰を抜かしていた。

「あれが……ライのために戦ってくれるんだね……」

「僕というか、村全員のためにね」

「すごいな……なんかとんでもないの呼んじゃったね」

確かに、まさに規格外だ。

あの子がいれば、もう村は安心と言い切っていいだろう。まあ……魔族をどこまで全員が受け入れられるかにもよるけど。

「というかリンデさんが来るのが一日遅れてたらとか考えたくないね……」

それは一番したくない想像だった。オーガキング三体。オーガロード四十体。両親が、一体のオーガロードに負けたことを考えると……もう姉貴ぐらいしかどうすることもできないだろう。

……あと、姉貴はどう反応するかまったくわからないな。まさか姉貴がリンデさんを殺したりは……いや、むしろ姉貴が負ける可能性もあるか……？

なんといっても魔王より強い可能性があるのだ。どう考えても強さの次元が違うと思う。姉貴も強さの次元が違うけど、なるべくその戦いはあってほしくないな……。

「七体でしたー」

リンデさんが、ふわっと現れて軽い感じで言った。

「……七体？」

「オーガロードですねー」

「この、付近に？」

「付近といっても、村からそれなりの距離をぐるーっと走り回って、えっと人間の大きな街ですかね？　そこまで走り回ったんで結構広い範囲のはずですです」

「え……人間の大きな街って、四角い石を積み上げた壁ですか？」

「ですですー」

……リンデさん、村から出て北へゆっくり歩けば一時間弱はかかる城下街の門前まで調べてくれたらしい。しかし話によると、西や東はもちろん、南もか？　南の森は魔物が強くて村の人達は絶対に立ち入らないんだけれど……いや、僕達の基準で考えたらだめだな。リンデさんなら南の森の魔物なんて余裕だろう。

「そう、ですか。それならしばらくは安心ですね」

僕が言った言葉を、リンデさんは否定した。

「いえ、そうでもないです」

「……え？」

リンデさんは、ゴトリ、と、それを取り出した。

……は？

「えーっと、これってわかりますか？」

「……はい――――ゲイザー、ですよね」

目玉型の魔物で、浮遊して空から攻撃してくる、かなり厄介なやつだ。遠距離攻撃が非常に強く、とてもではないけど普通の冒険者では倒せない。

「そうですす。厄介なんでオーガよりまずいと思うんですけど、いたんですよね」

「これは……本格的に魔物が多いな……」

「そですねー、これは二体でしたね」

……二体？

「こんな珍しい魔物がそんな急に増えるなんて……」

「ちょっと気になるので、おいしいごはんの分は外をしっかり見て回ろうと思います」

「すみません、よろしくお願いします」

僕は、「おひるたのしみにしてますね！」と笑顔で手を振るリンデさんの姿を見送りつつ、急に増えた魔物のことを気にかけるのだった。

しかし、結局……それから新しい魔物は見つからなかった。


「ごはんターイム！」

「はい、おつかれさまでした」

「ぜんぜん疲れてませんっ！　このご飯があれば！　二十四時間たたかえますっ！」

元気いっぱいのリンデさんに嬉しくなり、僕は作った料理を出す。

「あっ、今日は普通に焼いただけなんですね」

「はい、普通に焼いただけです」

昼はオーガキングのステーキだ。さすがに魔族でも、火の魔法で焼くだけという調理方法は知っているらしい。

……そりゃそうか、そうじゃないと生肉食べるだけだもんな……そういえば寄生虫とか大丈夫なのかな……？　負けそうな気全くしないけど。

僕は適当に切れ込みをいれて、ステーキを一口。……おいしい。十分すぎるぐらいおいしい。やっぱり肉がいいとシンプルな料理でも十分おいしいな。

そう思いながら淡々と口に入れていると……。

「おいしい～～～っ！」

元気いっぱいに目を見開くリンデさんが視界に入る。

「なんで!?　なんで!?　すっごくおいしいっ！」

「えっと、ステーキ……焼いたりはするんですよね？」

「焼いたりはもちろんしますけど、料理ができる人でも海水をかけて焼くとかその程度で、基本的に生肉そのまま焼くだけですよ！　な、なんですかこれ、全然違う、味が、味がついてる！　なんで!?」

「なんで……って、塩とコショウとローズマリーで味付けして、彩りにピンクペッパー乗せてるぐらいですけど」

「それが！　できないんですよぉ～！」

いや、多分乗せるだけだから普通に出来るんじゃないのかな……。

「調理方法簡単なので、教えたらできるようになると思いますよ」

「いえ、無理です」

「……え？」

リンデさんは、真剣な表情で僕を見た。

「……挑戦した魔族が、いたんです」

「はい」

「何度も、何度も……何度も何度も！」

「は、はい」

「そのっ！　結果っ！」

「はいっ！」

「塩加減が習得できずに心が折れて作らなくなったんです……」

「……もしかして……」

「はい……私です……商人隊の跡に塩が残っていたので喜び勇んで作ったら、使う度に頭にモヤがかかって、一袋全部使い切るまで学習できなかったです……」

リンデさん、本格的に不器用だった。

塩だけステーキが無理なら……確かに、調理は、絶望的だ……。

「なるほど、塩加減か……」

「はい……」

「安心しました」

「……へ？」

僕は、リンデさんの失敗談に重要な部分を見出した。その内容は……。

「これで、あなたが料理を習得して出て行くというセンはなくなりました」

「あっ……は、はい！　もちろんです！」

「ふふっ。……ゲイザーなんて村人総掛かりでも無理だし、これは、いつまでも作らなくちゃいけなくなりましたね」

「ご迷惑ですか？」

「いいえ、大変光栄です」

「えへへ、幸せです！」

そう返事しながら――別に料理を自分で用意できるようになったとしても、きっとリンデさんは村を護《まも》るために住むぐらいは笑顔で引き受けてくれるだろうと思っていた。だけど僕は、リンデさんがこの家から出て行く可能性が限りなく低くなったことに対してほっとしていた。

村の護衛を言い訳にしたけれど……きっと僕は料理を美味しく食べてくれるこの同居人との生活を、もっと続けていたいんだと思う。

僕らは、ちょっと大変だった午前を吹き飛ばすように、おいしく昼食を食べたのだった。

女の子に甘いものは定番です

さて、リンデさんとの昼食を終えて、リンデさんと再びリリーのところへ相談に向かう。

「なあリリー、そうだな……三日後の昼食は村人全員分、僕が作るから、みんなにそれ伝える係してくれない？」

「おっライがみんなの昼飯作ってくれるとか、それは楽しみだね！　それぐらいならおやすいご用！　で、食材はたっぷりあるんでしょうね？」

「あるっていうか、食材が余ってるから消費したいというか。エルマの姉御にもそっちの方がいいというかそうしないと結構まずい状況なんだ。明日は調味料を買いに行くつもり」

「そうなの？　よくわかんないけどまーぶっちゃけリンデさん絡みっしょ、オッケーわかった！」

リリーの理解の良さと割り切りの早さは本当にありがたい。リンデさんもちょっと気まずそうに頭を掻いていた。

「助かる、それじゃ！」

「こっちも酒もってくわ、楽しみにしてるよ！」

僕はリリーに別れを告げると、エルマさんの場所へ戻ることにした。

その道中で、くいくいと袖をリンデさんが引いてきた。ちょっと俯いて困ったように眉を寄せると、上目遣いにチラチラと見てくる。……何だろう？

「あの……」

「どうかしましたか？」

「ライムントさんって……リリーさんと、仲いいんですね」

「まあ、この村のみんなとは仲いいよ」

「その……そうじゃなくて」

「？」

今ひとつ要領を得ないリンデさんの言葉。ちょっと不満そうにしている。何か気に障ることでも言ったかな……？

何やら口ごもっていたけれど、やがて勢いよく声を出した。

「あああ、あのっ、あのあのっ！」

「は、はい！」

「わわわわ！　私も！」

「はい！」

「私もライさんって呼んでいいですかっ！」

――――――。それだけ？

「えっと、いいですよ」

「やった！　ありがとうございます！」

「お礼を言われるようなことでは」

「でもでも！　呼びたかったんですよっ！」

とても楽しそうにぴょんぴょん飛び跳ねるリンデさん。やめて、外でそれはやめて、目に毒とかそんなレベルじゃないからやめて。

そういうのは家の中だったら…………いやいや、いやいやいやいや！　まって、本当に待って僕今何考えた⁉……いけない、今朝のアレで、本格的に僕の頭の中は桃色に染まっているようだ……。二日目にしてこれで、大丈夫かな……。

「ライさん！」

「はい」

「ライさーん！」

「はーいリンデさーん」

「えへへ……」

まあなんだかんだリンデさんが幸せそうなので、よしとしよう。それに、距離が近づいた感じがして、確かに僕自身も嬉しい気分になる。

呼び方のこと、言ってくれてよかったな。

「姉御、いいか？」

ついさっきぶりの、ギルドのエルマに会いに行く。

「おう、いいぜ」

「リンデさんの紹介も兼ねて、三日後に昼食を振る舞いたい、ってリリーからみんなに伝えてもらってる。だから、朝に言ったとおりオーガロードを捌いてほしい。捌いた後はリンデさんのアイテムボックスの魔法の中に肉を収納させておいて。既に数十体のオーガが入っているほど容量に余裕があるんだ、部位を切って体積を減らした肉がどんなに多くてもリンデさんなら回収できる」

「そういうことなら悪くねえ、どっちにしろ朝っぱらからあんなでかい魔物が村に来たんだ、開店休業だろうな」

エルマさんは肩をすくめて言った。

「ああ、それなら大丈夫っちゃ大丈夫だよ」

「ん？」

「リンデさんが城付近まで見て回ってオーガロード追加で七体仕留めてくれたから、しばらく安全だと思う」

「……午前中で、か？」

「午前中っていうか、リリーが襲われて、その後、お昼食べに家に戻ってくるまでの間。あとゲイザー二体も近くにいたのを仕留めてくれたよ」

「…………」

さすがのエルマも唖然である。

「わかっちゃいたけど、あんたマジでつえぇな……」

「えへへ……ありがとうございますっ」

「よし……そういうことならぱぱっと済まさねえとな！　よっしゃもってこい！　捌くから次々出してくれ！」

「わかりましたっ！」

リンデさんが、エルマに続いて店の奥に入って行く。その直前僕の方を振り返った。

「ええっと、ライさんはどうしましょう」

「終わるまで時間がかかると思うので、家でまた何か準備して待っていますよ」

「何か！　何かですか！　何かたのしみ！　何か何かー！」

リンデさんは満面の笑みを浮べて、奥へ入って行った。「何か」でこんだけ喜んでくれるのもあの子ぐらいだろう、微笑ましい。

よし……それじゃ、何か。準備してみますか。


さて、リンデさんの反応を見ながら考えていたことがある。魔族が料理をしないということ。それはつまり……『三時の楽しみ』のことを全く知らないということだと思う。

女の子の、『三時の楽しみ』といえば。

――そう、甘いもの――つまりおやつの時間である。

姉御がオーガキングを捌くスピードからいって、三時ぐらいには終わってしまう可能性がある。

だとすると、帰ってくる時間は、世の女子達にとって至福のおやつ時間《タイム》だ。

しかし、海水で煮込んでおしまいという魔族が、砂糖を使ったものを……いや、そもそも砂糖作れないな……。果物を食べたことがあるだろうか。トマトはあると言っていたので、そちらの植物系の甘味なら抵抗がなさそうだ……。

僕は、手持ちに材料があって、すぐに仕上げられそうなある物を準備することにした。

まずは生地を作ろう。バターと小麦粉、しっとりと、水を入れ、バサバサしないよう細かく混ぜて練っていく。……。……。

……いい感じだろうか、……うん、崩れない。それではこの生地は、しばらくお休み。

大きな林檎《りんご》、皮を剥いたこれを薄く小さく切っていき、王都でも作られるようになった砂糖を加えていく。砂糖は、その味から貴族の夫人方から絶大な支持と支援を受けて、安定して供給されるようになった。

……食材の聖地と呼ばれる丸い島では、真っ白で砂浜のような砂糖があるというけど、さすがにその地までいってみないと信じられない、いずれ行ってみたいけど……この村での役目を終えてからだ。

そうだ、こんな時こそ……シナモンの出番だ。東の端の一部では肉や揚げ物料理などで使うというけど、僕はやはり甘いものにシナモンが好き。

他にも、紅茶に入れたり……そちらも今度試してみよう。きっと、ブラックのコーヒーに拒否感を示さなかったリンデさんなら、おいしく飲んでくれると思う。

……ふふ……本当に、僕はリンデさんの反応が見たくて、こんなことをしてるんだなって思う。

別に食事と別に甘いものを作る義務もないんだけど、お礼がしたいとかそんなんじゃなくて、単に反応が見たいんだ。

だからだろう、とにかく気合が入ってしまう。

義務感じゃなくて、娯楽なんだ。まさかこんなに料理が楽しくなる日が来るとは思わなかった。

帰ってきた時に姉貴にもお礼を言いたいな。

……っと、考えていたら生地が出来上がったようだ。よしよし……それじゃ、入れますか……！

この生地で蓋をして、ちょっと絵を描くというか、造型する瞬間も楽しい。地味な作業が好きなので、そういえば宝飾品も、こういう造型趣味の一端から作り始めたんだった。面白くてのめり込んで、今では指輪も作り慣れた。

魔石で作った指輪には、何らかの効果が乗る。それは身体能力の増加だったり、魔力の増加だったり、様々だ。素材の差はもちろん、形によってもその能力が替わってくるという不思議なものなので、僕も新しいデザインを作ることに凝っている。いろいろ冒険したデザインや試作品も、家にはいくらか残っていたはず。

あれもどんな効果があるかわからないけど、リンデさんには似合うかな。

――――はは……指輪をプレゼントなんて、それこそプロポーズじみてる。僕からそれをやったら完全にそういう構図だよ。

……よし、余った生地が多いので、巻いたり、薄く小さく重ねて……薔薇《ばら》っぽく、見えるかな。焼くと崩れるかもしれないけど、ご愛敬《あいきょう》。

……。……ん、そろそろいいかな？　それでは火の魔法で焼いていこう。その間に……朝と同じコーヒーを入れよう。甘いものには、こういうものを合わせるのが好き。

……よし……ミルで豆を……。……パイの焼き目が…………甘い、香り……。……お湯が沸いた……。

「ただいま戻りましたー！　もうめっちゃはやかった！　すごい！　四十七体全部お肉になりましたっ！」

やはりエルマの捌くスピードは半端ではなかった。三時より前に終わっていたようだ。そして、それを見越してこちらもいい具合だ。多少寝かせていい味になった。もうちょっと置いておく予定だったけど、ま、いいだろう。

「……！　ま、まままって！　こ、この香り！　これ！　これなんですか！」

「い、何か、です」

「な、何か！　何かだ！　やったー何か！」

香りだけで全身で「何か」に喜んで飛び上がるリンデさん。

「こ、これって、まさか、まさか、林檎、ですか……！」

「おや？　女の子には甘いものといいますが、知っていましたか」

驚きだ。甘味の最初の驚きは得られなさそうかな……？

「はい……！　わ、忘れもしない、島に流れ着いた箱に、一個だけ入っていた林檎！」

「一個だけ？」

「林檎は知っていたようで、でも腐ってるかもしれないと陛下……魔王様が、一部を小さく切り取って女中に食べさせたところ、甘いと感動して。そしてお優しい陛下は、ハンスさんと、もう一人の側近のフォルカーさんと、私を含めたリッターの十二人と、その女中にも分けてくれたんです！」

「それ、魔王様も含めて均等ですか？」

「はい！　不器用なりに十六等分に切り分けてくれて、みんなであの甘い果物をいただきました！」

　魔王様、あまりにも聖人君主すぎて僕の中では既に好感度が上がり続けて青天井なんですが。どこの国に、自分と部下とメイドに均等に分ける王がいるんですか。

　魔人王国にいました。マジか。

「で、でもでも……こんなに甘い香りが……信じられない……！」

「ああこれは、甘い砂糖に、更に熱を加えて甘みを増しているのです。また熱を加えると甘く感じやすいんですよ」

「今すぐ陛下に持って帰りたい情報ありがとうございます……！　褒美をもらえそうです！」

「それは光栄です」

　僕は、楽しそうに話すリンデさんに笑いかけながら、皿に乗せた本題の品を持ってくる。

「……あれ？　どうしたんですか、リンデさん」

「……な、なぜ、なぜこんな美術品みたいな見た目が……？」

「あ、コレですか。ちょっと生地が余ったので気まぐれで作ってみました」

「きま、ぐれ」

呆然と言うリンデさんに苦笑しながら、ナイフをさくさく入れていく。

「ああーーーーっ⁉」

「うおっ、どうしましたか？」

「び、びじゅつひんが、はそん、してしまいました⁉　なんで、なんで⁉　つくったんですよねもったいない！」

「中身が大事です。ほら」

「……あ、あああ……！」

中には、砂糖と混ざり煮詰まった半透明の林檎が出てくる。

「……いただいても、よろしいですか……」

「はい。甘すぎるぐらいなので、コーヒーと一緒にどうぞ」

そう言って、淹れたてのコーヒーを出す。

リンデさんは相も変わらずドラゴンを前にした戦士のような顔をしている。ドラゴンじゃないです、王国のふつーの『林檎パイ』です。

「じゃあいただきます」

「あっああっいただきま速いですよっ！」

ドラゴンよりオーガより怖くない林檎パイを口に入れる。うん、我ながらなかなかいいできばえ。さくさくとしている生地が、いい味を出している。ちょっと熱い、コーヒーじゃなくて水でもよかったかな？　むしろアイスコーヒーにすればよかったか……？

でも、シナモンはやはり、林檎と合わせた時が一番好き。

リンデさんは、一口食べて、口元に笑顔を浮かべながら震えていた。

「……陛下、その節はありがとうございました。そして申し訳ありません。この天井を突き抜けるような甘さに比べたら、我々が食べた林檎など蜜《みつ》の枯れたサルビアにも満たない存在でした……」

大げさな反応をいただきました。

「気に入っていただけたようで何よりです」

「甘すぎてコーヒーが必要なんて言い出した時何言ってるんだと思いましたけど、これはホントにコーヒー要りますおいしい甘いやばい……！　生地も未知のおいしさ、今すぐこの甘さを全身で表現したくてたまらないです！　しかし……これはさすがに陛下に申し訳ないです。本当に、もう、別次元で好きすぎる……持って帰りたいです」

「僕がこの村を抜けられない事情があるので……でも、そうですね。折角ですからいつか魔王様にお会いしてお作りしてみたいですね」

「わー、リッターのみんなで分けたりできたらいいなあ……」

そう言ってつんつんと指先で薔薇の模様を触る。

「でも、こんなに綺麗なのに切っちゃうなんてもったないですよう……」

「いや、宝飾品作るよりかなり荒いですし、ほんと気まぐれに作っただけなんでいいですよ。たくさん作れますし、指輪や他のものに比べたら全然」

リンデさんが、ぴくりと震えた。雰囲気が変わる。

「宝飾品とおっしゃいましたか」

「……はい……」

「宝飾品……宝飾品を作れる人を探すのも任務の一つだったんです！」

「……は、はい!?」

そこで、魔王陛下と魔族の宝飾品の話を聞いた。

「不器用な割に、結構そこそこの飾りを付けてらっしゃる魔王様、あれらは全部、商隊跡から回収したものなんです。だからいい感じの宝飾品や服はなくって、その……私も、普段は一枚の皮をうまく使った服を着ていて……」

「じゃあ、その服は……」

「商隊からです。それでも魔族の中では恵まれたほうで、みんな剥いだ毛皮そのままとか、腰に巻くだけとか。今着ている服は人間の前では人間の服を着るようにと陛下からいただいたものです。宝飾品は、かえって悪印象があるかもしれないからやめるようにと」

陛下のお心遣い感謝します。というか人間に詳しすぎませんか陛下。

「で、宝飾品なんですが、やっぱり女性にとっては憧れの中の憧れといいますか。だから、欲しがるんですよ」

「なるほど……」

「作れる人を探してほしいと陛下から。まさかライさんが宝飾品まで作れるとは……ああ、私もライさんも村を離れられないのがもどかしいです。早く二人で陛下にご挨拶に行きたい」

「……そうですね、僕も魔王様には一度お会いしてみたくなりました」

「いい人ですよ」

「話を聞くだけで十分伝わります」

「それは、お話した私にとっても光栄な限りです！」

リンデさんは、魔王様を褒められたことを心から嬉しそうにしていた。これだけ純粋でいい子に絶大な信頼を寄せられる魔王様。

姉貴、ごめん。姉貴の討伐対象、好感度全く落ちる気配ない。ちょっと本気で気になってきたぞ魔王様、どんななんだ魔王様。

「おっと、林檎パイも食べ頃の温度になりました」

「りんごぱい！　林檎パイっていうんですね！」

「はい」

「覚えました！　また食べたいです！」

「他にもいろんな甘いものがありますので、何かいろいろ出しますよ」

「わあぁ！　何か！　何かまだあるんですね！　やったー何か楽しみー！」

リンデさんはその美しい顔を幼い子供がするような満面の笑顔にして、林檎パイを綺麗に食べてくれた。ここまで喜んでくれるなら、甘いもののレシピ、もうちょっと増やしておけばよかったなあ。

さて、三日後の料理は僕の仕事だ。そしてリンデさんの紹介も兼ねている。頑張ってくれたエルマや、走り回ってくれているリリーの分まで頑張ろう。

城下町の壁は厚そうです

リンデさんの歓迎会用に材料を買わなければならない。材料というのは、もちろんあのオーガロードの大量の肉に使う、味付けのことだ。

アイテムボックスの魔法にはもちろん限りがあるし、家の中に残っている調味料の種類もなかなか少なかった。普及したとはいえ村にはまだまだスパイスの種類は少ない。だから、買いに行く。

行き先は……城下町だ。

ちなみにリンデさんが、どうしてもついて来たいと言ってきた。しかし、彼女の角を見せるのは非常に危険だ……。どうしようかと悩んでいたけど、解決策を思いついた。僕は自分の部屋に、昔姉貴とコンビを組んでいたときに、遠距離万能型としてアーチャーの帽子の他に、マジックキャスター特有の先端の尖った帽子を持っていたことを思いだした。

「これを被ってください」

「わわっ！　これ、帽子！　帽子です！　魔人王国の遺産にはなかった、おっきい帽子です！」

「それで角を隠してください。……くれぐれも、絶対に外れないように注意してください」

「は、はい、もちろんです！」

リンデさんは、角が出てないことをしっかり確認して、帽子を手で押さえた。

村から北へ歩き、森を抜け、歩いて一刻もしないうちに城下町の門番と顔を合わせた。リンデさんに、「極力黙っていて、僕に話を合わせてください」と小さく言って、門番に話しかけた。

「こんにちは」

「君は……確か、勇者の村の人だね」

「はい、覚えていてくれて助かります」

門番さんは、城下町へ何度か自分の足で食料を買いに来ている僕を覚えてくれていた。

「……そちらのご婦人は」

「僕の家で預かっている、ジークリンデという女性です。西の村から僕の家へ長期滞在していて、折角なので初めての城下町を案内したいと思って連れてきました」

「服などは確かに上等な物だが……身元を証明できるものはあるか？」

「証明できるものはありませんが……そうですね、この帽子の印ではどうでしょうか」

「帽子の印……あっ！　それは勇者ミア様の………」

この帽子についている金属のメダルのようなバッジは、姉貴と一緒に家を出たいと思ったときに、姉貴とお揃いで何点か作ったものだ。門番さんを騙すようで心苦しいけど、背に腹は代えられない。最大限利用させてもらおう。

「彼女はパーティーメンバーであり、こんなに華奢ですが……並大抵の人では太刀打ちできないほど圧倒的に強い剣士なのです。でももちろん勇者の仲間に選ばれるだけあって悪い人ではないので、暴れる心配はありません」
嘘は、言ってない……と思う。勇者じゃなくて勇者の弟の僕のパーティメンバーもとい、護衛だという点が違うけど。まあ……似たようなもの、じゃないかな。友達の友達は友達、みたいな？友達の友達は、他人だとは思うけど。

「そういうことなら大丈夫だろう。勇者様には我々城下街の者は世話になってるからな。ようこそビスマルク王国へ！」

よかった、恐らく最大の難関だったであろう門番をクリアできた。これで大手を振ってリンデさんと城下町に入ることができる。

城下町を歩く。あちらこちらを「うわーうわー」と田舎っ子丸出しで見て回っているリンデさん。ある程度街の中心まで来ると、緊張した面持ちでふと門番との問答について聞いてくる。

「あの……先ほどの、勇者のパーティーメンバーというのは？」

そういえば、話に合わせて貰うだけ合わせてもらって、詳しい話をしていなかった。

「その帽子についている金属のメダルは、勇者の仲間であるということ証明するためのもので、城下町に出入りする他の勇者のパーティーメンバーも利用しているものなのです」

「……じゃあ、もしかして」

「はい、もちろん嘘です」

リンデさん、目を見開いて固まっていた。

「ば、ばれるとまずいのでは……」

「問題はないと思いますよ、そんなことより城下町を楽しみましょう」

姉貴はしばらく東に行っているはずだ。そろそろ戻ってくるかもしれないけど、その時に説明すればいいことだろう。

城下町にはもちろんいろんなものがたくさんあった。リンデさんはその一つ一つを見て、「あれはなんですか？」と質問してきていた。

「あれは、民家ですね」

「ではあれも？」

「あれもそうだと思います。住んでいる人が多いですから」

そういえばリンデさんは、木造の村の家しか見ていない。石や煉瓦で出来た城下町の家の数々は、それら一つ一つが特別な建物に見えるんだろう。

「じゃあ、あそこにあるぶわーっとひろがったものはなんですか？」

「あれは……」

あれは、市場のテントだ。そうか、大通りに出たんだな。

城下町の中心は大きな道があり、その両サイドにテントを出して、皆が思い思いの商品を出していた。商品は新鮮で、種類も在庫も豊富。もちろん僕もここを利用して、食材や調味料を買いそろえたりする。

「市場です、いろんなものが売っているんですよ」

「いちば！　いってみたいです！」

「ええ、僕もあそこに用事があるので行ってみましょう」

人が多い市場。僕はリンデさんとはぐれないように手を繋いで、その人混みに入っていった。手を繋いだ瞬間、「あっ……」と小さく声がかかったけど、聞こえないふりをした。……正直、僕自身も女の子の手を握るのは、八歳ぐらいの頃に、姉貴と同い年だから当時十歳で僕より背の高かったリリーに、ぐいぐい引っ張られた時以来だ。だから女の子と手を握った記憶は十年ぐらいないはずで、久々すぎる女の子の感触に僕自身が照れていた。

……こうやって握ると、人間と何も変わらないどころか、戦士の手とも思えないぐらい柔らかい手だな……。


市場に入ってからのリンデさんは、元気だった。あれは何、じゃああれは何、とまあ終始質問攻めにされた。

そのうちの一つを見つけて、リンデさんが目を見開いて驚いた。

「ら、ライさん！　林檎！　林檎ですよ!?　ああんな山積み！　す、すごい！　なんなんですかあの人は、この国の国王の兄弟姉妹か何かなんですか!?」

……それは、果物売りの、ふつーのおばちゃんだった。そうだった、林檎が一個しか流れ着かなかった魔人王国の人にとって、林檎は甘くておいしい超高級品だ。

「普通の人ですよ、林檎の他に、いろんな果物を売っている人です」

「ふ、ふつうのひとが、あんなに林檎を……」

「あの人が売って、他の人が買って、みんなで食べるんです」

「きぞくのあつまりだ……ライさんはだいふごうだったんだ……」

リンデさんの、甘いものに対する評価があまりにも高くて笑ってしまう。

「庶民でも買えるものですよ、折角だから何か買っていきましょう」

「えっ、いいんですか⁉　やったあ！」

果物一つでこんなに喜んでもらえるんだから、ほんと安い買い物だ。そうだ……林檎パイをみんなで食べたいと言っていたから、その時のために少し多めに買っておこう。

「おばちゃん、林檎五個。あと今日おすすめある？」

「そりゃあもちろん、今年は数が少なくて貴重なこっちのイチジクさね。ちょっと高くて一つ二十枚ってところだ」

「あっ、ほんとだイチジクが来てるんですか！　それはいい、ここですぐに食べられますね。これを二ついただけますか？」

「じゃあ林檎と合わせて銅貨八十枚だ。ん、大銅貨八枚……ちょうどあるね、まいど！」

僕は迷いなく、それらを買った。

「リンデさん、アイテムボックスの魔法、まだ使えますか？」

「えっ⁉　も、もちろん余裕です！」

「じゃあこの林檎五個を入れて貰ってもいいでしょうか」

「わ、わかりました……！」

僕もアイテムボックスの魔法は使えてまだ容量はあるけど、その残り容量がどうしても限られているので、場所を取らず、料理の味に大きく影響するスパイスなどの比較的小さなものしか入れていない。

リンデさんみたいに、片手でオーガキングをひょいっと虚空に入れてしまうようなことは、さすがにできない。

「り、りんごさんを……五個も……いれてしまった……せきにんじゅうだいです……」

「そんなことないですよ、今買ったイチジクの半額以下だったでしょう？　ってわけで、はいどうぞ」

「え」

僕はリンデさんの手にイチジクを一個乗せた。目を白黒させているリンデさんを横目に、イチジクを自分の口に入れる。……うん、久々に食べた味だけど、やっぱりいい。柔らかくて、食感が良くて、単体でも十二分においしい。優しい甘さが口の中に広がる。

リンデさんも、僕の見よう見まねで、皮ごとかぶりついた。

「……！」

リンデさんは恐らく初めてであろうイチジクに、驚いて目を見開いた。

「お、おいしい～っ！　初めて食べます！　甘くて、あまくておいしいおいしいっ！」

市場の真ん中で大声を上げるリンデさん。その声に振り向く人が何人かいて、その視線はまず背の高いリンデさんの綺麗な顔の方に向き、次はもちろん、その手元のイチジクに向けられた。

「……、……」

リンデさんは注目を集めていることも知らないまま、そのまま黙々と食べ進めていく。そんな微笑ましい様子を見ながら、僕もイチジクを完食する。そしてすぐに、リンデさんも完食し終えた。

「……はぁ～、なくなっちゃった……。あっ、ライさん、これ、えっとイチジクでしたっけ、甘いすごいおいしいです！　つぶつぶ食感もすてきで、やわらかくて、とろーっとしてて！」

「ふふっ、聞いてましたよ」

「だってだって、こんなおいしいもの初めてなんですもん！」

リンデさん、イチジクを大層気に入ったようだった。そして案の定……リンデさんの食べっぷりに影響されて、周りの人達が果物屋のおばちゃんに押しかけていた。

「押さないで押さないで！　はい、二十枚だよ！　そう、銅貨二十枚、ああこっちは四十枚だね、はいまいど！」

おばちゃんの果物屋、大盛況。行列見て、更に興味を持った客が並ぶといった有様だ。一方のリンデさんは他のお店をぐるりと見回していた。

「そこの綺麗な子！」

おばちゃんの声がかかる。気付かないリンデさんの肩を叩くと、リンデさんは僕を振り返った。

「……？　あれ、どうしたんですか、ライさん。私の顔に何か？」

「今呼ばれたんだけど気付かなかった？」

「え……え？」

リンデさん、綺麗な子というのが自分だと分からなかったようだ。リンデさんに分かるようにおばちゃんを指差すとリンデさんもおばちゃんとようやく目が合う。

「あんたありがとうね！　綺麗な子が買ってくれるとやっぱり男の注目度がちがうわね！」

「え、あの、綺麗な子って私のことですか？」

「自覚がないってのも、彼氏さんも大変だね！　いや、旦那さんかな？　ああっと、はい銅貨二十枚！」

「えっ⁉」「えっ⁉」

僕とリンデさんの声が重なった。か、彼氏さんって……！　い、いや確かに、僕とリンデさんは同い歳ぐらいに見えるだろうし、お金を払って果物を食べさせているって、傍目にはそういう関係に見えるだろうけど……！

「まいど！……いやー二人とも初々しくていいねぇ！　あんたたちお似合いだよ！」

「あ、あの、その……」

「気に入った！　もう一個持っていきな！　宣伝費としちゃあとっくに元とれてるよ！」

「へ？　あっ、わっ！」

おばちゃんは、リンデさんにイチジクをもう一個投げてくれた。……まあ、この盛況っぷりなら確かに元はとっくに取れているだろう。

「リンデさんがおいしく食べてくれたから、もう一個オマケで付けてくれましたね」

「えっ、ええっ⁉　い、いいのですか⁉」

「いいんじゃないでしょうか、もらっておきましょう」

リンデさんは、ちょっと申し訳なさそうな顔をしていたけど、手元のイチジクを見ると、我慢ができないといったふうに口角を上げると、再び食べ始めた。そして「ん～～～っ！」とおいしそうに声を上げたことで、再びテントに人が殺到したのは言うまでもないことだった。

さて、僕の目的のものは……よし、あった！

そこに並ぶのは、スパイスの数々だ。大袋にたくさん入った胡椒《こしょう》がまず目に入る。そしてローズマリー、バジル、オレガノ、ローレルといった緑のスパイスから、クミン、カルダモン、カイエンペッパーなどカレー用のもの、シナモンやミントなど、様々な商品が並んでいた。

こうやって色んな種類のものが一堂に会している様を見るのは、やはりわくわくするものがある。

「この辺りのものを全てそれぞれ百ずつ、そして……ええ、そこのものを五十ずつ。他、何かおすすめでもありますか？」

「おう、景気がいいね兄ちゃん！　じゃあ兄ちゃんにはこの辺のはどうだい？　西からの入りたてで、クローブ、ナツメグ、セイボリーがあるぜ」

「セイボリーですか、珍しいですね。じゃあナツメグとそちらを百ずつで」

「おう、ちょっとまってな」

店にいる大柄な男の人が、量を測りながらスパイスの計算をしていく。

「全部で……銀貨七に銅貨六十二だぜ。払えるかい？」

「はい、普段から買っていますから」

僕はそう言って、懐《ふところ》から財布を取り出し金額を支払う。

「ほお、どこかの貴族様の手伝いですかい？」

「いえいえ、僕が使うんですよ」

「じゃあ城下町のレストランの下働きってところか」

「それも違います。最近は隣のこの子に食べさせるだけですね」

「……なあ、あんた、言いにくかったらいいけど、変な職業じゃないよな？」

「確かに言わないと不思議かもしれないですね。聞くと納得しますよ、正解はそこの大通りのお店にお世話になっている彫金師の村人です。料理は趣味ですね」

「あ、ああ！　なるほど！　そりゃ金持ってるわけだわ、うちのカミさんも欲しがってなあ。そうか、魔石のやつは冒険者にも売れるし、破損や紛失も多いし、安定して需要があるもんな」

「そういうわけです、趣味の一環だったんですが、いい仕事ですよ」

僕は支払いを済ませると、そのたくさんのスパイスを自分のアイテムボックスに入れた。

「さて、僕のほうは用事を済ませました。リンデさんはどうですか？」

「もっとたくさん見たいです！」

「はい、じゃあもう少し街を見て回りましょうか」

何でも珍しくて面白いといった様子のリンデさん。そんなリンデさんにまだまだいろんなものを見せたくて、僕は再びリンデさんと手を繋いで、離れないように道を歩いて行った。

城下町はほんとうに広くて、いくらでも見て回れて、時間は全く足らない。

その時――、

「――――だから我々は、戦わねばならないのです！」

ん？　あれは……。

「そう、我々はみな正義の使徒なのです。決して悪に負けてはいけません、この女神ハイリアルマ様によって人類の安寧を約束した、ハイリアルマ教の教えに従い、勇者とともに人類の平和を目指そうではありませんか！」

あれは、ハイリアルマ教！　まずい、リンデさんをこの場所から離さなければ――――！

「リ、リンデさん、聞いてはいけません……！」

「魔王を滅ぼすことこそ、我々人類全ての目的！　目標！　到達点！　悪魔の角を持つ魔族に我々の平和は今日《こんにち》も脅《おびや》かされています。しかし、我々には勇者がいる！　そうです、勇者ミア！　女神様より選ばれた、誇り高き人類の英雄！　彼女は女神とともに魔王を滅ぼし、魔族を全てこの世界から消し去ってくれるでしょう！」

なんとか話を聞かせないよう、リンデさんを連れてこの場を去ろうと引っ張ったけど、まるで全く動かなかった。地面に刺さった鋼の杭みたいだ……。無理だ、全体重をかけたところで、少しも傾けられる気がしない……！

……リンデさんは、ずっとその、広場の高台で演説をする神官を見ていた。

「魔王は必ず滅ぼされる！　勇者の手によって！」

ワアアアと歓声を上げる聴衆。

「……っ！」

リンデさんはその神官を称える城下街の人達の声に顔を白くして震えると、そのまま脇目もふらず、広場から駆けだした。

「リンデさんっ！」

……僕はなんてバカなんだ……！　あんなのを見せられて、魔王陛下を慕っているリンデさんがまともでいられるはずがない……！

リンデさんは、市場をそれでも人にぶつからないように気をつけながら走っていた。よかった……普段のスピードならともかく、あれならまだ僕の足でも追いつくはずだ。僕は必死にリンデさんを追いかけた。

しかしリンデさんは、ここで致命的なミスをやってしまう。

「あ……っ」

よほど余裕がないのか、その時リンデさんが足をもつれさせた。その拍子に……帽子が少しずれる。

「おう、あんたじゃないか！　大丈……………え……？」

そこは……果物屋の簡易テント。リンデさんがイチジクを食べたところだった。

リンデさんは自分の状況にようやく気づき、帽子を深く被りなおした。幸いにも目撃していたのは果物屋のおばちゃんだけだったようだけど、おばちゃんは明らかに怯えた顔をして、リンデさんを見ていた。

「……あ、ああ……」

リンデさんは、ついさっきまで明るく話しかけていたおばちゃんの怯えている様子を見た。絶望的なまでの種族の壁。それを肌で感じ他のだろう、帽子を押さえながら再び走り出した。

待って……どこまで行くんだ、リンデさん……！

……結局、リンデさんは城の門を出てしまい、そのまま見失ってしまった。ここで見失うということは……やはり……。

僕は、自宅に戻った。そこには……膝をかかえて震えるリンデさんがいた。

「リンデさん」

「……怖がられたんです」

「……」

「あんなに、明るく話しかけてくれたのに。高価だって言っていたイチジクまでくれたのに。私の、角を見せただけで、怯えられたんです」

「……リンデ、さん……」

「なんで……なんでなんですか……！　私、わ、たし何もっ……！　何も、悪いこと、してないのに……！　あんなに、あんなに気の良さそうな、なんでも許してくれそうな人だったのに！　どうして！　私に角があるぐらいで、どうしてあんな！　あん、な……ッ！……ひっく……グスッ……」

「……なんで、なんでしょうね……」

「…………ライ、さん……」

「なんでなんでしょうね！」

「ライさん……？」

僕は、リンデさんの泣き顔を見て、段々と腹が立ってきた。

リンデさんは、どんなものにも驚いて、笑って、そして新鮮な感動を僕にも与えてくれた。だから、城下町でもそういうものに出会えると思ったんだ。……こんな顔をさせるために、連れて行ったんじゃない。

「なんで、角があるぐらいで、あんな反応になるんでしょうか。僕は、リンデさんに助けられたのに。どうしてこんなにいい子が、人類を滅ぼすというのでしょうか」

「……」

僕は、リンデさんの泣きはらした目に心を痛めながらも宣言する。

「リンデさん。いずれ僕が、リンデさんに降りかかる悪意を全部なくしてみせます」

「そ、そんなこと……できるんですか……？」

「わかりません。わかりませんが……今日から僕は、そのために生きたいと思います。少なくとも僕はリンデさんに命を救ってもらいました。……姉貴が家を出てから、もう村で余生を過ごすだけかとさえ思ったぐらいですが、ようやく目的を得ました」

そう、本当に、姉貴について行こうとして足下にも及ばず、少し腐り気味だった僕だけど……リンデさんに命を救ってもらった僕は、あんな演説を聴いて、黙っていられるわけがなかった。

魔族の……魔人族に対する、この訳の分からない教えの数々。まるで魔法がかかったかのようにみんなが催眠状態に陥っているような、こんな状況。

こんなの、納得できるわけがない！

「リンデさん。僕はもちろん、少なくとも、この村のみんなはもうリンデさんの味方です。村のみんなはもうリンデさんのことを認めているんです、だからきっと……城下町のみんなだって、分かってもらえます」

「ライさん……ぐすっ、私、最初に出会えたのがライさんで、本当に良かったです……！」

「こちらこそ、リンデさんが村に来てくれて、僕たちみんな本当に助かっています。これからもよろしくお願いしますね」

「はい……はい！」

僕は、ようやく自分の目的が出来た。

いつになるかわからないけど……魔族を、リンデさんを、人類に認めさせる。

これは女神ハイリアルマの勇者じゃない、僕だけにできることだ。

リンデさん……必ず、実現してみせます。

そしてまた、二人で市場に行きましょう。

魔人王国は、本当に強そうです

翌日まで引き摺《ず》るかなと思ったけど、リンデさんはもう大丈夫なようで、朝には明るいリンデさんになっていてくれて安心した。

さて、明日の鍋は、たくさん仕込まなくてはいけない。

「じーっ」

幸いにも肉は多い。いろんな味が楽しめるようにしたい。

「じーーっ」

これだけあったら、ぱーっと焼いてもいいかもなあ。

「じーーーーーっ」

「……何ですか、リンデさん」

「ライさんの観察です！」

「……面白いですか？」

「見てるの面白いですし！　好きです！」

「っ！　あ、えーっと、ありがとうございます？」

「どういたしまして！　じーーーっ…………あっ」

なんだかすごくストレートに好意を伝えられた気がするけど……今の、「あっ」は、聞かなかったことにしよう。

いや、もったいないので聞いたことにしておこう。


さて、先ほど新鮮なバジルを摘んできた。緑のバジルの葉、乾燥させて細かい葉っぱにして保存して流通させているものもあるけど、やっぱり新鮮なものが好き。

リンデさんはトマトのことを知っていたので、トマトも用意した。

バジルとトマト、そして……チーズも最後にかけよう。硬いヤツを、削って。鳥や鴨《かも》ではないけど、オーガロードの肉のおいしさなら。いい感じの味に持っていけるんじゃないだろうか。

「あっ、トマトだ！　おっきい！」

「はい、今日はトマトを煮込んだ鍋も用意します」

「これは、しゅるい！　というやつですか！」

「そうです、色んな味を作って、少しずつ食べていく鍋と、後は網でぱーっと焼いてしまおうかと思います」

「やったー！　楽しみです！　いろんな味が楽しめる！」

リンデさんは、椅子に後ろ向きに座る感じで、背もたれに両腕を乗せて足をぷらぷらさせていた。

さて、トマトを細かく切って、ここから煮詰めてピューレにする。こういう時は……魔法の出番だ。

魔法で水を入れて、火の魔法を使って、鍋の中でうまく煮詰めて……ある程度身が崩れたら、火を弱めて潰していく。失敗は成功の元とは言うけど、最初に風の魔法であるウィンドカッターで鍋の中のものを吹き飛ばした時は、姉貴に思いっきりバカにされたっけ……。

……気がついたら、リンデさんがすぐ後ろにいて、僕の肩から顔を出してトマトを見ていた。

「トマトが！　トマトが綺麗な、なんか赤い泥っぽいのになってます！」

「はい、これがトマトピューレです」

「ぴゅーれ！」

「これを使って、バジルと一緒にオーガの肉を煮込んでいきます。まずは少しでいいので肉をお願いできますか？」

「はいっ！　おまかせくださいっ！」

リンデさんは、ばーんとお肉を出した。

「うーん、さすが姉御。短時間のわりに綺麗に切り分けられてます」

「もうすんごい速かったです！　しかもだんだん速くなっていきました！　あんな一瞬で上達するなんてかっこよすぎる……！」

あー。これ、エルマの姉御、完全に褒め殺されてるなー。

「そうだ、バジルって食べられるかな？　こっちだと苦手な人はいないぐらいメジャーなんですけど」

「バジル？」

「そこの緑の草です。一枚取って食べて見て下さい」

僕は、リンデさんにその一見普通の、丸く膨らんだような緑の葉っぱを薦める。リンデさんはおそるおそる口にすると……。

「……！　え、え⁉　な、何ですか！　お、おいしいです……すごい！　こんな普通の見た目の草が、どうしてこんなにおいしいんですか⁉」

「ふふっ、それがバジルですよ」

「ばじるだいすき！」

よかった、何でも大好きリンデさん、バジルも好きだったみたいだ。

「でもふしぎだなー……私も草って何度か食べたことあるんですけど、全部『草だこれ！』って感じの味しかしなかったんですよー」

「草だこれ！　って……ふふ……！」

「まさか、こんなおいしい草があるなんて！　草なのにバジルさんすごい！　ふしぎ！　どうしてなんだろう！　バジルさん以外もがんばってほしい！」

ついにバジルに敬称がついたリンデさん。

――でも、確かに……面白い意見だなと思う。

僕も、最初からバジルも、ローズマリーも、オレガノも。知ってたから使っているんだ。

同じ草なのに、『どうして』かあ。毒物だと自分を守るためとか、辛みがきついものも自分を守るためだとか、いろいろあるけど。どうしておいしいのかと問われると、答えられなかった。

きっと、みんな最初は、食べなかったはずだ。殆どの葉っぱは、なんともいえない植物の味がするのだ。だけど、不思議なことに、この草は特別おいしかった。

同じような味でも、それぞれ違う。僕は、全部試したことはもちろんないけど。本当は、雑草という名の草はなく、全て其々違った植物なんだ。

そう思った人がいるから、バジルが今こうして僕の手元にある。

「なるほどなー、リンデさんはすごいなあ」

「えっ！　わ、私がですか⁉」

「うん。今までバジルってどうしておいしいか、なんて考えたことがなかったんですよ。最初っからおいしいって知ってる人に教えてもらったり、そういう本や料理で学んだりしていたもので」

「人間さんは、いろんなものに詳しいですねー」

そう、詳しい。僕がというより、人間が、だ。

「うん。でも、こういうのは最初に食べて見つけた人がいるからなんですよね。誰かが、果物や野菜じゃない、この一見普通の草を『食材、ハーブ、スパイス』というものとして採用した。なかなかこういうことって気付かないですよ」

「そうですか？」

「そうだったんです。だから、リンデさんはすごいです」

「……え、えへへへ……うれしい、です……」

リンデさんは、ニヤニヤしながら自分の体を抱くように……あっそのポーズ結構きわどい。あ、戻った……と思ったら。

僕の背中にくっついてきた。

「あ、あの？」

「えへ、ちょっとこうやってていいですか？」

「……は、い……」

……。背中にくっついてきて、同じ背丈ぐらいだから、髪の毛にリンデさんの顔が当たる。ちょっとにおいを嗅《か》いでいる……？　なんでだろ、恥ずかしいな……。

しかし僕にとってはそれどころではない。……背中が……時々……当たってますけど……！

「あーっ、ライさんめっちゃいいにおい……」

「……え？　僕のにおいがですか？」

「はい。髪の毛とか、体のにおいとか、汗とか、なんだろう……すごく、甘い感じというか。ちょっと違うんですけど、ずっと嗅いでいたくなる、好きなにおいです」

「初めて言われました……」

「……あっ！　あのっ、嫌でしたか!?」

「嫌では、ないですけど……」

「そ、そうですか！　じゃあもちょっとだけ、このままでよろしいでしょうかっ！」

「はい、いいですよ。でも鼻を僕の頭にぶつけたりすると痛いかもしれないので注意してくださいね」

「たぶん大丈夫です！」

リンデさんはそう言って、軽く顔面でぶつかってきた。後頭部に、やわらかい感触がした。……

鼻をぶつけたのかな……？

「うん、痛くないです！」

「そういえば、僕の頭程度なら大丈夫なぐらいリンデさんが強かったのを忘れてました」

「えへへ、なのでお気になさらず！」

結局僕は、そのままオーガ肉を小さく切って鍋に入れるまで、リンデさんに後頭部を嗅がれていた。ちょっと恥ずかしい。ちょっとくすぐったい。そして背中がすごい。だんだん腰に腕を回して、近づいてきて……最後は密着してきた。

……いかん！　集中集中……！……。…………。

で、できた……と、思う。今日の集中力、生まれてから今までで一番。マイベスト集中賞を自分に授与したい。後は煮込むだけだ。

「あのあの！」

「ん？」

「まちきれません！　おなかすいた！　おなかすきましたー！　ちょっとだけ食べたいです〜っ！」

「もう、仕方ないなあ……」

リンデさんの要求に、トマトとバジルのそのスープを一口分つぎ分けて渡す。リンデさんは、香りを嗅いで、口元を緩めながら、そのスープを飲んだ。

「〜〜〜〜っ！　おいしいぃ〜っ！　トマトが！　トマトが私の知っているトマトさんと同じなのに全然違う！　あとさっきのバジルさんの味がする！　おいしい！　バジルさんありがとう！」

僕からもバジルさんありがとう。リンデさんの最高の笑顔、再びいただきました。

「さて、トマト煮ができたし……次！」

「はい！　種類さんがんばってください！」

なんでも敬称をつけちゃうリンデさんに苦笑をしつつ、僕は僧帝国料理に手を出す。……しかし、ここでリンデさんに最大の懸念事項がある。

僧帝国、名物カレー。そう……辛いもの、である。

「リンデさん」

「なんですか？」

「辛いものって食べたことありますか？」

僕はリンデさんに聞くと、リンデさんはようやく僕から離れた。ちょっと安心、ちょっと残念。

「辛いもの、というのがよくわかりません。塩ですか？」

「全然違います。それじゃあ、食べてもらいましょう」

ほんの少し切った、赤唐辛子。本当に、本当にほんの少し。

「この、赤いのですか？」

「はい。噛んでみてください。でも、無理はしないでくださいね？」

「……ふえ？……では、遠慮無くいただきますね……」

リンデさんは……その小さい輪切りの破片を口に入れた。

「……？……ああ……ちょっと、熱くなりました……！　ふしぎ、これふしぎですねー！……へえ

「……味は……あんまりないほう……？」

……。……？　あ、あれ？

「あの」

「はい」

「……終わり、ですか？」

「あ……あれ⁉　っす、すみません！　私なにかまずい反応をしてしまったでしょうか⁉」

リンデさんの反応の薄さに、かえって僕の反応が薄くなってしまったことで、今度はリンデさんがやらかしてしまったかと蒼白《そうはく》な顔で慌ててしまう。

「あーっ！　すみません違うんです！　この赤いやつ、舌が痺れて、喉から咳が出るぐらいヒリヒリするはずなんですよ」

「ヒリヒリですか？……でも、ちょっと熱くはなりました。麻痺かな？　こういうの、効きにくいからかなあ……」

「……リンデさん、そういえば、状態異常系って、魔族は効くんですか？」

「あんまり効かないですねー。麻痺とか、毒とか、そういうの基本的に弾いてしまうというか。能力低下系とか、呪いとか、その手のものは全く効かないですね。属性魔術も全部弾いてしまって。あと種族的な特徴なのか、光は無効化して、闇は吸収しちゃいますね」

「な、なるほど……」

……姉貴、すごい情報聞いたぞ。能力低下系も、属性魔法も、基本的に効かないらしい。はやく帰ってきて情報共有してくれ、この魔人族、多分そうそう勝てる相手じゃない。ていうか挑まないで。そろそろ食べ物要求しに帰ってくる頃でしょ姉貴。

僕はどこをほっつき歩いているのかわからない姉貴のことを考えつつも、リンデさんの回答に納得していた。

「なるほど、じゃあ安心しました。全く駄目って人もいるんで、さっきのが食べられないようなら外すつもりだったんですけど、いけそうです。これを使ったカレーもまた、今その新鮮な味から人気なんですよ」

「かれー！　そうなんですね！　楽しみです！」

リンデさんは僕の回答に安心したようだ。

クミン、コリアンダーを取り出して、再び煮詰め始める……。

……しかし、量が必要だし、大きい鍋をいくつか用意しているけど、作るまで退屈だなあ。煮詰めるだけというのを何度も繰り返すのは、やっぱり待ち時間が長くてちょっと退屈である。

せっかくなので、林檎パイの時に気になったことを聞いてみよう。

「そういえばリンデさん」

「はいっ、なんでしょうか？」

「リッターの十二人って何ですか？」

リンデさんは、「あー」と言って、説明を始めた。

「『時空塔騎士団』のみんなです！」

「じくうとう？」

「はい！　時空塔騎士団のことを略してリッターって呼んでます。遺跡があって、そこの守りをやってるって名目なんですけど、ぶっちゃけ敵がまだ来たことがないので別になんもやってないです！」

え、ええ……？

「陛下が、『こちらにも人間の円卓騎士団と同じものを作りたい、強い戦士の代表がある程度の人数欲しい』と仰って、強い人を選んで結成したのが、時空塔の十二の時計の時刻にちなんだ十二人のリッターです」

「……。待って、リンデさんって、第二刻でしたか？」

「わわ、はいっ！　覚えていただけてうれしいですーっ！　えへへ……」

……リンデさん、第二刻ってことは。

「それ、強い順ですか？」

「そうですね。第一刻のクラーラちゃんにはまだ及ばないんですけど、結構そこそこ強い方なんですよ！　といっても得意不得意もあるので、十二人均等に強いともいえます」

リンデさん、本当に強かった。いや、しかし……そんなことより、リンデさんより強い魔人族がいて、その下に十人このレベルの魔族がいて、この上に、ハンスさんと……。

「そういえば、ハンスさんの他に話していた、ええと、フォルカーさんというのは？」

「あっはい！　フォルカーさんはヨルムンガンドライダーですね。ハンスさんより弱いと本人は言ってるんですけど、みんなは乗ってるもの含めたらフォルカーさんの方が強いかもって言ってますね」

「そうですか……」

……能力低下、状態異常も属性魔術も防ぐ魔族十五人にフェンリル《魔狼》とヨルムンガンド《毒蛇》。これね、勝てないと思う。ちょっと想定していた戦力と違いすぎる。

「そうかあ、魔人族は結構強いのが多いなあ……戦力を揃えていて、全員がそこまで強いと、とても人間では勝てなさそうですね」

「あの、ライさん」

ちょっと苦笑していると、リンデさんが少し考え込む様子で喋り始めた。

「はい……」

「魔族の、国の差の話ってしましたっけ？」

「国、ですか？」

「人間って、王国複数と、帝国複数と、いろんな国がありますよね？」

「はい」

「人間同士って、争いますか？」

「……そりゃ、もちろん」

当たり前の話だ。そうやって領土を広げてきた。魔物や魔族の関係で、今はお互いを攻撃することは少なくなっているが。

「魔族もなんですよ」

「……え？」

「だから、魔族の国も『魔人王国』っていう魔人族の国の他に、別の魔族の国があって友好関係だったり争ったりしているんですよ。『悪鬼王国』っていう敵対している国には、デーモンっていう嫌いな魔族もいたりしますし、中立の立場を取って干渉しないと宣言している魔族もいます。魔族と一言でいってもいろいろいるから、負けないように日々私たちも強くなろうとしてるんですよね」

……ということは……。

「魔族だから、人間を襲う気がない……というわけではない？」

「もちろんです……デーモンの一族は、時々人間にも魔人にも刺客を送ってきたりします」

「刺客、って例えば？」

「うーん、強い魔物を送って様子見をしたりとか？」

「……」

「あとデーモン自体が乗り込んできたり、とか」

「……」

「あと、何かあったかな……」

「……」

「…………あれ、ライさん……？」

……僕は、溜息をついた。だって、そうじゃないか。

「リンデさん」

「は、はい……あの私、何か粗相を……」

「――――その、刺客を送られてる村、まさかここじゃないですよね」

…………。

「…………あ、ああああっ⁉」

「そういう情報は先に言ってください……」

「す、すみません！　まったく思い当たりませんでした！」

リンデさんは、あわてて謝罪した。

「あ、ああいえ、本来なら僕らなんて何の情報も知らないままやられてたんです。今気付いたということは、こちらから相手の先手を取れる可能性もあるということです」

「そうですね、ちょっと気になるので大反省のリンデ、巡回に出てきます！」

「えっ、リンデさん？」

リンデさんは、僕の返事を聞かずに出て行ってしまった。

「……まあ、今の会話で気がついてよかったかな」

僕は、再び鍋の仕込みを再開した。


リンデさんは日暮れ頃帰ってきた。

「うわ、鍋の数すっごい！　全部！　全部作ってるんですね！」

元気よくそう言って、ひょいっと家に入ってくる。

「はは、村全員になるとこれぐらいあっていいかなと」

「なんか、外に、ぱーっと炭と、こう、なんかすごいのが！」

「金網ですね、魔術なしで焼くための準備です。ちなみに焼肉にも味つけの種類がたくさんあるので楽しみにしていてくださいね」

「やったー！」

全身で喜びを表現するリンデさん。……しかし、何故かすぐに深刻そうな顔になり、口を開いた。

「……あの」

「何ですか？」

「確認してきたんですが、オーガがいなくて、ゲイザーが……追加で、三体いました」

「……それ、は」

あまりにも、同種の上位体が固まっている。そして、下位がいなさすぎる。

「ええ、ちょっと言いづらいんですけど……デーモン族……悪鬼王国に、狙われてる、と、思います」

リンデさんのお披露目会です

調理を全て終えて、翌日朝。ここから緊張の、魔人族ジークリンデ……リンデさんのお披露目会だ。

正直、今もまだ「魔族」というものを村に入れているということは、冷静に考えると無茶苦茶思い切った話だ。しかも、勇者を輩出する特殊な村で。

果たして、受け入れられるのか。

「それじゃ僕が村の真ん中広場まで運ぶので、ちょっとリンデさんは待っていてくださいね」

「はーい！」

さて、出来上がった六つの大鍋を運んでいく。さすがに重いけど、下手な台車を使うのも、収納魔法を使うのも危ない。それに、そこまで筋肉がないわけではないからね。

運び終えると、取り皿を並べる。一つの鍋から、結構な人数に取り分けられる。オーガの肉がまだまだあるから、かなりいけるはずだ。

村の広場には、既に人がたくさん集まっていた。

「ライーっ！　もーおなかぺこぺこー！」

「リリー、すまないな、ここまでみんな集めてくれるなんて」

「いーってことよ！　食べさせてもらっちゃうなんてね！……あ、あとさ」

「何？」

「……リンデちゃん、酒、いけそう？」

……確かに、状態異常にならないし、辛いものも大丈夫だったけれど……リンデさんにお酒は危ないかもしれない。

「あ……多分、無効化しそうだけど……ちょっとこわいのでパスで……」

「だよねー。あれで酔ったらキレるとかだったらこの村おしまいだからねー」

アハハと笑ってリリーが言ったけど、確かにちょっとそれは笑い事じゃないなあ。

「どちらかというと」

「ん？」

「リンデさんが……酔いが醒《さ》めた後にする顔を想像したくないかな……」

「……」

「……リリー？」

「もう、言うわ。ライ、あんたリンデ好きすぎない？」

「なっ……！」

ま、待って、急にそんなこと……いや、いつ？　もうってことは、大分前から？

「ちょっとカマかけてみて否定しないぐらい狼狽《ろうばい》してるあたり、かなりマジねー」

「あっテメ！」

「ううん、そうじゃなくてもさ。村人の命よりリンデさんの顔の方が先に浮かぶってなかなかの熱愛っぷりでちょっと妬けるよ」

「う、それもそうか……」

言われてみれば、確かに普通はそちらを考えるよな……。でも、真っ先にリンデさんのことが浮かんでしまった。

「いやいやライ、別にあんたが村人の命ないがしろにしてるとか、そういう意味で言ったんじゃないって。ま、気にしないで」

「そっか……ん、わかった」

「じゃねー。あ、開始は早くしてね！　あんまり遅いと先食べ始めちゃうから！」

ヒョイっと向こうへ言ってしまうリリー。……そうだな、みんなを待たせるのも忍びない。早く始めてしまおう。

僕は、後ろに控えているリンデさんに声をかけた。

「リンデさん」

「はーい」

「僕が呼んだら、出てきてください」

「わかりましたっ！」

そして広場の、体半分程度の高さがある台へ行く。そういえばここ上るの初めてだな……。

「みんな、今日は僕の呼びかけにきてくれてありがとう」

「いいぞー！」

「緊張すんなー」

「タダ飯だからな！」

「それな」

男衆はみんなノリが良くて元気そうだし、いい雰囲気だ。これなら大丈夫そうかな？

「じゃあ挨拶とかもうめんどいよな！　うん！　ってわけで今日の目的かなり手短にまとめようと思うけど長くなったら皆ごめん！　オーガ肉って今まで人型の魔物だから食べづらいとか禁忌って言われてたけど美味かったから、全部鍋にしていろんな味付けしてぱーっと作ったから全部食べてくれ！」

「ヒューヒュー！」

「で、だ。魔物って話の通じないやつらと、魔族って人間の話が通じるやつは違って……魔族の、人の言葉が分かる人型の中でも、魔人族は基本的に人間への敵対意識が全くない。その魔人族の人が……このオーガロード合計四十七体！　オーガキング三体！　僕らの村のために討伐してくれた！」

「マジかよ」

「すげーな」

「この肉は、全部その魔族さんのおごり！　そしてその魔族さんは、もう知ってる人も何人かいるけど、昨日からうちの村に来てオーガを倒してくれて、今日もやばいゲイザーとか倒して村を守ってくれているわけだ。だから、みんな好意的に、迎え入れてほしい！　僕の家で、一緒に住んでいるし、責任を持って彼女を見ておく！」

「彼女！」

「彼女さん！」

「彼女さんだな！」

な、なんだか変な雰囲気だけど、ええい勢いだ！

「それでは登場してもらおう、僕らの村の新しい住人で新しい護衛、魔人族のジークリンデ！　リンデさん、お願いします！」

そう大声で叫んで、僕は台の上を少し横に避ける。上から……ふわっと、リンデさんが降り立った。

「あ、あの！　はじめまして！　ジークリンデです！　略称はリンデといいますのでみなさんリンデとおよびください！　仲良くしていただけると嬉しいですっ！」

その姿が現れ、沈黙が場を支配する。…………どう、だ？

「リンデちゃーんよろしくー！」

……！　リリーの声だ！

「おおっリンデさん、こんな見た目か、なるほどな」

「魔族って感じはするけど、なんか思ったより雰囲気ちげーな」

「見た目は魔族なのに、なんか普通の女の子っぽいんだけど」

それに次いで、ちらほらと声が上がる。

「てか妙に色っぽくね」

「それな」

「わかる」

あれはノリのいい外回り冒険者集団だ。

「うわーマジか大丈夫かライ、あれほんとに制御できんの？」

「あのリンデちゃん、完全にライの料理の虜《とりこ》だから大丈夫だよー」

「まあリリーがそう言うならいいけどよー」

少し怪しい雰囲気になったところを、リリーがうまく会話して抑えてくれている。

「ていうかアンタら！　ギルドにたむろしてないでリンデさんを見習って一人でオーガロード何体も討伐して村を守らんかい！」

「む、無理っすよ姉御！」

「あんなん簡単に討伐できりゃ勇者パーティっすわ」

「それをもうやってんだよあのリンデさんは！　アンタらみんなリンデさんいなかったら今頃オーガキングとタイマンだったんだからしっかり感謝しな！」

「ひえージークリンデ様ー！」

「俺の分まで助かるっすー！」

反応はまちまちだけど、リリーとエルマの姉御が会話をうまいこと回してくれてる。ありがたい、概《おおむ》ね好意的に受け入れられているようだ。

「じゃあもうお腹減ったんで食べ始めよう！　僕も減ったし、リンデさんも楽しみにしてるから！」

……そこからは、宴会だった。リンデさんは……なんというか、ホントに？　ってレベルでみんなに話しかけられていた。

魔人族ですよ？　めっちゃ角生えてるんですよ？

……みんなすごいな。まあ僕自身、全然抵抗感ないから、これも……人徳？　ってやつかな？

「おいし〜〜〜いっ！」

リンデさん、早速カレーに挑戦中。

「た、たまらないですライさんっ！　こ、これもう！　これもう大好き！」

「ナンっていう名前の柔らかいパンは用意できませんでしたが、朝に食べたパンもたくさんありますからどうぞどうぞ」

「わーい！　やったあ！」

リンデさんはニコニコとパンをカレーに浸して食べていく。相も変わらず硬いパンもものともしない食べっぷりで気持ちがいい。

「リンデちゃーん、こっちのトマトもいいわよー！」

「あ、はーいリリーさん！」

リンデさんは、リリーに呼ばれてトマトとバジルのオーガ煮込みを食べに行った。

いいな……と思っていると、エルマが近くに来た。今日の肉五十体弱を一人で捌いた、まさに功労者だ。

「今回一番の功労者、お疲れ様」

「……いや、一番疲れたのはあんただろ、よくこんだけ作ったもんだ。しかもうまい。つーかマジであのオーガがこんなうまいとはな」

「作るの好きだからね。それに、リンデさんが受け入れてもらえるためには、やっぱりこうやっておいしいもので交流するのが一番だからさ」

「リンデさんのためにそこまで頑張っちまうんだから無意識もいいとこだよ………しかし……」

「ん？」

エルマは、珍しく何か居心地が悪そうにしていた。こういう煮え切らない態度はもどかしい。いったいどうしたのか……。……もしかして……？

「……リンデさん、どうでした？」

「……ああ……うん……。……生まれてきて今まで、父親と母親にと旦那に言われた合計量の三倍ぐらい、先日だけで褒め倒された……」

……その光景、見てみたかったなー。

「ふわーっ！　なんですかこれおいしい～っ!?」

おや、あの場所は……。

「おう行ってこい行ってこい、リンデの横にはメシ解説するお前が必要だ」

「ええ、行ってきますね」

僕はエルマさんに手を軽く振ると、リンデさんのところまで行った。

「何をいただいて……あっ、白いやつということはクリームの方のシチュー？」

「しちゅう！　おいしい！　シチューすっごい！　ふしぎとおいしくてまるくてあまくてすごい！　たまらない！　カレーとどっちを先に食べるか迷っちゃう！」

「ふふ、シチューは優しい味で、今日は濃くない感じに作っているのでそのままでも飲めるようにしてます」

「あと、このぷるぷるしてるまるっこいのがおいしいです！」

「マッシュルーム、きのこですか？」

リンデさんが、ぴたっと止まる。

「き、きのこ!?　きのこって食べられるんですか!?」

「えっ？　はい。というか、それがきのこで、みんな食べてます」

「なんと……陛下は、あれはほとんどが毒だから人間は食べないらしい、鮮やかなのだけ毒かと思ったら大人しい色のものも毒があるから無理に食べる必要はないと仰ってました！」

陛下、素晴らしい慧眼《けいがん》です。でもマッシュルームは知らなかったようだね。

「ある意味とても正しい意見です、でもそのきのこのように食べられるものもあるんですよ」

「し、しらなかった……！　こんなにおいしいなんてっ！　すごいですね、どうして最初に食べようと思ったんでしょう⁉　私みたいな魔人族じゃないと、すっごい危ないですよ！」

「あっ……」

……確かに。そうだなあ。この辺の感覚が、やっぱりリンデさんって面白い。リンデさんとの会話は、僕の料理生活の当たり前のメニューに新しい風を送ってくれる。

いろんなきのこがあって、それらを最初に食べようと思った人がいる。そして栽培しようと思ったり、栽培に失敗したり。逆に、毒だと分かっているものは、最初に毒の被害に遭った人か動物がいるはずで。

最初から食べられることを知っていた僕からすると、本当に、会話の全てが新鮮だ。

「さすがリンデさん、いいところに気がつきます。やっぱりリンデさんと話していると、とても楽しいですね」

「……えへへ……ここで褒められると、我慢できずにまたくっついちゃいますよ……？」

「そ、それはさすがに恥ずかしいので」

「……その……また、帰ったら、いい、ですか……？」

「えっ……！」

「……あ、やっぱり嫌でしたか……ずうずうしすぎましたよね……？」

「いえ……嫌なことは全くなかったので、その、問題ない、です」

「……よかった……約束ですよ……」

リンデさんが赤面して体を寄せてくる。……なんともいえない雰囲気が漂う。

「ラ～イ～っ！」

「うわっリリー！」

「なによもー！　あたしにすんごいオクテだったくせしてめっちゃすすんでんじゃ～ん！」

うっわ酒くっさ！

「飲み過ぎだろ！」

「だってー！　オーガ肉うめーんだもん！　もーあたしさーたべちゃってたべちゃってー！　網のほうとか男がエール持って大盛り上がりだよ！　おらーっおまえらーっ！　エールまだまだあんぞーっ！　ただし有料だおらーっ！」

「もちろん飲むぜーっ！」

「こんな肉あんの初めてなんだけど！」

「明日の分まで食べ溜めとこうぜ！」

うわー、完全に出来あがってんなあいつら。

「それじゃーおふたりさん、なかよくいちゃいちゃがんばってねぇ～！　いろいろ！　期待してるよぉ～！」

「お前もうあっちいっとけ！」

「あっはははは～～！」

リリーは酒屋の娘だけあって酒大好きな反面、酔うとああなる。おかげで店をやっている間は全く飲めない。仕事の後の一杯、らしい。

ちょっと恥ずかしそうに、居心地悪そうにしながらリンデさんが聞いてきた。

「あ、あの、リリーさんどうしたんですか？」

「あれは……お酒というものを飲んだ人間が、おかしくなるひとつのパターンです」

「おさけ」

「飲み物なのですが……リンデさんには、ちょっと怖いかなと」

「飲ませてもらえない？」

「その……悪い方向に酔ってしまったら、結構怒ったり、殴ったりする人も出るんですが、リンデさんがもしそのタイプなら……」

「……それは……のみません……こわい……のむならひとりでこっそりのみます……」

「そうしていただけると……」

リンデさんはお酒を諦めてくれたようだ。ひと安心……。

かなり鍋も空になったところで、リンデさんが突然空を見た。

「――――ライさん」

「はい……？」

「すみません、予想外です。早い」

リンデさんが、剣を抜いて叫んだ。

「みなさん！　広場から離れてください！」

急に雰囲気が変わったリンデさんの様子に、村の全員がその場を離れて家や木の影などに隠れる。

さすがにこの手のことは、戦士の多い村にいると慣れているのか、皆行動が素早い。僕もすでにリンデさんから離れていた。

一体何が？　と思っていると――空から、筋骨隆々の灰色の、魔物？

……いや、違う。多分、こいつがそうなんだろう。『デーモン』が現れた。

「デーモン……人間に敵対する魔族、そして我々魔人族に敵対する種族……」

「ハ、この村はもう滅ぼされているかと思ってたのによ、まだまだこんなに人間が残ってるとはなあ」

「まだまだっていうか、私が来てから誰も死なせてはいない！」

リンデさんが、デーモンに向かって叫ぶ。

「……ああん？　なんだ、てめえ魔人か？　人間の村にいるのは珍しいじゃねえか。ま、野良《のら》なら気まぐれか。どこの雑魚《ざこ》か知らんが、ついでに首でも持って帰れば俺も上がれそうだぜ」

「悪鬼風情が……」

「軟弱ものだねぇあいかわらず魔人王国はよぉ！　人系どもの人類悪結構！　略奪による拡大こそが王国の繁栄よ。まったく王もこんな連中になにビビってんだか」

うろうろと歩くデーモン。そこで鍋の中身を見て、「人間のモン食ってんのかよ……」と言い、あれは……オーガシチューか。ビーフシチューのオーガ版。赤く煮込んだやつだ。そういえばあれは……。

「っくっせ！　これ草入ってんじゃねーか！」

「あっ――」

デーモンは、一口食べるとオーガシチューの鍋を殴って、テーブルの上からはじき飛ばした。残り少なかったそれはくるりと回転し、逆さまになって地面に残った中身を全て出した。

「あ……あ……」

「肉以外食う気はねえ。人間なんかは一番うまいもんだが、血が残っている方が」

「あああああアアアアア！」

リンデさんの叫び声が静かな村に響く。

……予感はしていた。きっと怒ると思っていた。だって、あれは。

食べてない。いい、いい。

「お前だけは許さない！」

リンデさんが、本気で力を解放しようとしていた。

「『時空塔強化』！」

その剣が、少し黒い光を纏う。ちょっと見ただけで、間違いなく強化したな、と分かるほど存在感のあるそれが、リンデさんの手の中で揺れる。

「はあ⁉　野良かと思ったら女王の騎士団じゃねえか！　こんな田舎にいるとか聞いてねえぞ⁉」

その時、そのデーモンは……隣のテーブルのクリームシチューの鍋を、よろけた際に倒しそうになった。これが運の尽きだった。

次の瞬間、デーモンは、その腕と首を、一瞬で斬り飛ばされていた。

「あ――――――？」

断末魔を上げる暇もなく、デーモンの刺客は、リンデさんの剣によって絶命した。

村に静寂が戻る。みんなが固唾《かたず》を呑んで見守る。

……大丈夫、か……？　この姿、やはり、圧倒的に強い。拒否反応が起きる可能性も……。

「……うっ……ううっ………」

……リンデさん……？

「うっ……うえぇぇん……ごめんなさい……ごめんなさい……！」

リンデさんは……空になってしまったシチューの鍋を抱えて泣いていた。

――その瞬間、リンデさんの姿が僕の過去の記憶と繋がった。

そうだ、あれは。

あれは、僕だ。

最後の、腐って食べられなくなってしまった母さんの人参料理を見ながら、どうしてあの時、と後悔している僕だ。

リンデさんは……僕の料理が守れなかったこと……食べ物を無駄にしてしまったことを、心から

悔いて泣いてくれているのだ。

僕は駆け寄って、リンデさんの頭を抱いた。

「村を救ってくれてありがとうございます」

「うっ……ぐすっ、私、ま、守るなんて言っておいて、こんな……」

「大丈夫。大丈夫です」

「……ひっく……」

「僕は、母さんとは違って、まだ死んでいません。リンデさんが守ってくれましたから」

「………ぐすっ……」

「まだ生きていますから、またこれは、シチューは、作ることが出来るんです」

「…………」

「何度も、何度でも。リンデさんが守ってくれれば、今日出した鍋よりもっとたくさんの種類、作ってあげられます」

「……ライ、さん……」

リンデさんの角を少し抱えるようにして、後頭部を優しく撫でる。

「だから、泣かないでください。泣かれると、その……僕も悲しくなっちゃいますから……」

「…………っ。…………はい……わたし……まだまだ、ですけど……がんばりますね……！」

「はい、僕の料理分にしてはきっと過剰なぐらい働いてくれているので、その分たくさん、また鍋はもちろん、今日のような甘いものも作ります」

「ライさん……はい、はい！　私、がんばります！」

リンデさんは、涙を拭いてようやく笑顔を出してくれた。

そこへ――――。

「――――デーモン！　どこだ！　出てこい！…………ん？　あ、あれ？」

姉貴が帰ってきた。

姉貴が帰ってきました

「ら、ライ……なに、なんだ、なんだおまえ！　ライから離れろ！」

「姉貴!?　これは違うんだ、待ってくれ！」

なんでこのタイミングで……！　いや、確かにそろそろ帰ってくる頃だった。しかし……まさかこんな時に限って！

「姉貴……あれが、ライさんの姉さん……？」

リンデさんには、まだ姉貴の話をしていない。いる、ということしか知らないはずだ。そして姉貴は、リンデさんがどういう性格か、どういう経緯でいるか、全く知らない。姉貴がリンデさんを見てわかることは一つ。魔族、ということだけ。

リンデさんが小さく呟くと、ゆらりと立ち上がり、再び剣を手にとって……。

「私は魔族の女ジークリンデ！　あなたに勝負を挑みます！　私が勝った場合……私の言うことを聞いてもらいます！」

姉貴に、剣を向けた。


なんで、こんなことになっているんだ？

「ハァッ！」

「ぐっ……村に来た魔族が、こんなに強いなんて」

リンデさんの剣戟《けんげき》が姉貴を捉える。姉貴はそれを大きな剣で受け止めるも、盾を持たない近接職タイプの姉貴は、スピードで上回るリンデさんの攻撃を防ぐのに精一杯のようだった。

しかしリンデさんも、まさか人間相手に攻撃を受け止められるとは思っていなかったのか、真剣な顔をして言った。

「それはこちらの台詞です、ただの人間ではないようですね！」

「当然！　私は魔王を倒す、勇者だからね！」

「な……！」

姉貴が、よりによってリンデさんの目の前でそのことを言ってしまう。それを聞いたリンデさんの雰囲気が、明らかに変わる。

「そう……そういうこと……！」

それは、明らかに強敵と認識した呟きだった。

まさか、リンデさんは、僕が勇者の弟だということ……そのことを隠していたことを、悪い方向に解釈しているのでは……？

だめだ、止めなくては！

「ち、違うんだ、隠していた訳じゃ」

「油断せずに行きます！　『時空塔強化』　！」

さっきデーモンを倒したものと同じ黒いオーラを再び剣から出した。明らかに強くなったと分かるその姿で再び接近し剣を振り下ろす。……先ほどからリンデさんは、片手で持ったその剣で、両手持ちの姉貴を圧倒していた。

そこにあの黒いオーラが乗れば、当然……、

「ぐっ……こいつ、強い……！　なんなのなんでこんなのが村にいんのよ！」

「そこです！」

「しまっ……！」

……姉貴は力負けし、ふらついたところを捉えられて剣をはじき飛ばされた。勇者としての力を持ち、その戦闘能力は比類するものがないと言われた姉貴が、初めて負けた瞬間を見た。

姉貴がいきなり魔王より強いなんて思っていなかったが、それでも勇者というのはそれだけで十分すぎるぐらい強いはず。勇者の力に目覚めてからは魔王討伐のために数々の地で活躍してきた姉貴だったが、リンデさん相手にはまるで赤子同然だった。

まさかリンデさんが本当にここまで強いとは思わなかった。

「私の勝ちですね」

「……その、ようね……ごめんライ、姉ちゃん負けちゃったわ……」

悔しそうに唇を噛む姉貴に、剣を突きつけるリンデさん。そんな……こんな構図、だめだ！

「や、やめてください！」

「そこでじっとしていてください！　私は怒っているんです！」

そこでリンデさんは、姉貴に向かって叫んだ。

「さあ、私の勝ちです、言うことを聞いてもらいます！」

「……言うことを聞くとは限らないけど……言いなさいよ……」

「では、言います！――――あなたはお姉さんなんでしょう⁉　家族なんでしょう⁉　だったらライさんの料理に、ちゃんと『おいしい』と言ってあげてください！」

……。え？　それだけ？

という僕の心の声と、姉貴の心の声がきっとシンクロしたのだろう。呆気に取られたような表情をした姉貴と目が合った。あっちも同じ事を思っているだろうなこれ……。

……でも、なんで？　リンデさんは急にそんなことを言ったんだ？

記憶を探って……ようやくそのことに思い当たった。

僕がリンデさんに感謝を伝えた日。リンデさんが僕に感謝の言葉を毎日伝えると言った日。

そう……僕は。……僕は何と言った？

――姉貴においしいと言ってほしかった。

そんな！　そんなことで……！

リンデさんは、僕もすぐ思い出せなかったようなその一言をずっと覚えていてくれて……。たったそれだけのことで、勇者の姉貴に本気で怒って戦いを挑んだのだ。

つまり、これは、僕のためだ。

ああもう……！　一瞬でも、こんないい子であるリンデさんを疑おうとしてしまった自分が恥ずかしい！　同時に、どうしようもなく嬉しくて、もう涙が出そうだった。

姉貴が立ち上がる。

「一つ聞いていい？」

「何ですか？」

「あんた……ライの何なの？」

「えっ⁉　え、ええと、ど、同居人です！　この村を守る代わりに、料理を食べさせてもらっています！」

姉貴は、答えを聞いて……腕を組んで言われた意味を理解しようと少し唸って……再び質問をした。

「もう一個聞いていい？」

「何です？」

「魔族よね？」

「魔族ですよ」

リンデさんは、それを聞くと……少し顔を緩めて「ふふっ」と笑った。

「どうしたのよ魔族……」

「いや、だって……あなたの質問、ライさんと全く一緒なんですもの、おかしくて……！」

リンデさんは、すっかり緊張を解いて笑い出した。

そういえば、僕もリンデさんを見た時は、全く同じ反応したなあ……。

「えーっと、とりあえず……村の人は死んでない、のよね？」

「はい、私がデーモンから責任を持って守りましたから！」

「……そ、そうっすか……ええと、あたしの代わりにありがとうございます……」

「どういたしまして！」

姉貴はリンデさんの満面の笑みと明るい返事に、考えるように少し顎に手を当てると広場までゆっくり歩いて……大声を叫んだ。

「アンタらーっ！　さっきからそこらで見ているアンタらーっ！　最初から分かっていて見てたわねー⁉　出てこーーーい！」

姉貴の叫びに、頭を掻きながらリリーたちが出てくる。

「いやあ……有無を言わさない展開だったからね。でも、リンデちゃんはもう村人公認でさ、ミアにはどう説明しようかなーって思ってたの」

村人みんなが和やかな雰囲気で、さすがの姉貴も気が抜けてしまったようだ。

「あのさ、あたしがさ、魔王討伐している勇者だってこと知ってる上でその反応なんだよね？」

「当然！　かわいいからねリンデちゃん、いい子だし。あ、ちなみにそのリンデちゃんと顔から火が出るほどラブラブなのがミアの弟君だよ。みんなで一緒にリンデさんとお喋りしながらカレーやシチューでパーティやってたの！」

「な……なんなのよそれ……。あ……あたしが魔王討伐で一人で苦労してる時にあんたらは……。ほんとは……ずっとライも連れていきたかったのに……。……あたしの……あたしの今までの孤独って……」

姉貴は、両手の平を地面につけて、ガックリと四つん這《ば》いになった。

……うん、ごめん……さすがにこの状況、我が姉ながらかわいそうすぎると思う……。


「なるほど、姉貴はそのデーモンに煽られたと」

「そういうこと」

少し気が落ち着いた姉貴が、改めて広場のみんなに話をする。

姉貴の話はこうだ。

数日前、魔王討伐を目的として魔族の相手をしていた時に、一体の人語を解する灰色のデーモンに言われたのだ。

『オレのダチが、お前の村にオーガをばらまいている』

『オーガロードとオーガキング、追加でゲイザーを放ったところでデーモン自らが全員の死を確認して今頃村はおしまい』

と。

そのデーモンを瞬殺した後、次第に言っていることを理解した姉貴は血相を変えて村まで戻ってきたらしい。

「本当に心臓が止まるかと思ったわ。ライの実力は多少マシな程度には信用してるけど、ゲイザーに狙われるなんて想定してなかったもの」

「ぶっちゃけリンデさんが来る直前にオーガキングに襲われて死にかけたから、リンデさんがあと一分遅れていれば、僕は今頃死んでたよ」

「そう。……ええと、リンデさんというのね？　弟のこと助けてくれてありがとうございます、姉として不出来な弟ですが大切な唯一の肉親を守って頂き、感謝いたします」

「あーっそういうのいいですよ！　もう、ほんと食べさせてもらって十分お礼になっているというかお礼以上な感じなのでっ！」

リンデさんはあわてて姉貴の頭を上げさせた。……よかった、仲良くなってくれたようだ。

「さて、それじゃあたしはあなたの願いを聞かなくちゃいけないわね」

「お願い……あっはい、ぜひ」

「ん、実際ちょっと楽しみなのよね。それじゃ……」

姉貴は僕の方を見て、そして、

「ライ。明日、チーズ入りハンバーグ、お願い」

母さんの料理の中で姉貴が一番好きだった料理をリクエストした。

本日はお開きということで、リンデさんを家に迎え入れた。

「はー、しかしまさか、魔族がこんなだとはねー」

「僕も信じられないぐらいだけど、話をしてみるとほんとに普通というか、無邪気というか、明るくてかわいらしい性格というか」

「か、かわいい……！　えっへへへ……」

「あっ……その……」

僕がぽろっと口を滑らせると、リンデさんは口元を緩めて、再び僕の後頭部に鼻を埋め、においをすんすん嗅いできた。

「ほんっと、あきれるぐらいの仲の良さというか……お似合いというか……」

「あ、姉貴、よしてくれよ」

「もう村に相手もいないのに村を出れないわけだし、いいんじゃないの？」

「その……」

「はー……村公認っぽいの、気づいてないわねー。こういう、人の噂ってやつは本人二人だけが知らないって典型的な話よね……」

姉貴はぼそっとつぶやくと、僕とリンデさんを残して部屋まで行って……。

「なんじゃこりゃーーーーー！」

絶叫した。そうだった……僕は姉貴を追って部屋まで行った。

「あ、あたしの部屋が、ぶっこわされてる！」

「ああああ！　ご、ごめんなさいっ！　私、その……」

「何したのよ⁉」

「土下座した勢いで、床に頭突きをかましてしまいましたあぁ！」

「……は？」

姉貴の反応は、もっともだと思う。誰が土下座で床に穴を開けると予想できるのか。

「……土下座の経緯ぐらいは、話してもらうわよ」

「そ、それは……」

その話は……つまり、あの朝の出来事を喋るということで……それは、リンデさんにしても、知られたくないはずで……。

「姉貴でも、その話は」

「あ？」

ごめんリンデさん、怖い。

「寝ていたリンデさんにベッドの中に引きずり込まれて、その謝罪に目覚めたリンデさんに土下座されました」

「なにそれ」

「言ったとおりの意味です……寝ぼけて抱きしめられました……」

リンデさんが困ったように「な、なんで言ったんですかぁ〜っ！」と言いたげな涙目で僕を見たけど、ほんとごめんなさい。これは、長年のものでして……逆らえないんです……。

姉貴は、ジト目で僕を見て、リンデさんを見て、ため息をついて、

「……あたしの勇者としてのここ五年って何だったのかしら……」

すっかり意気消沈してしまった姉貴は、呆れたようにそれを言った。

「お前ら一緒に寝ろ」

……は？

「は⁉　姉貴、自分が何を言ってるかわかってるのか⁉」

「……はー。わかってるとか、そういうことを言うのもメンドーだから言うわ。あんた、リンデさんと寝るのイヤ？　嫌い？　臭い？」

「そんなことない！　リンデさんはいい匂いだし……っ！　あ、あああっそうじゃなくて……！」

「……そういう反応だろうと思ってたわ……」

しまった、かまかけられた……！　リンデさんは、目線を下げてもじもじしながら「あう……あう……」と恥ずかしそうにしていた。その姿を見て僕も顔が熱くなる。

姉貴は、ジト目をさらに細くして、眉間の皺を深くしてリンデさんを睨んだ。ちょっとひるんでるリンデさんに向かって、姉貴はため息をついて言った。

「魔族のリンデさんとやら。あんたはライと一緒はイヤ？」

「ライさんが、嫌じゃないなら……」

「いやライじゃなくてあんたがどう思うかよ、髪の匂い嗅いでたのは嫌だからなの⁉」

「嫌じゃないです！　ライさんはいい匂いです！」

「そ」

なんだか勢いでリンデさんもとんでもないことを言ってるが、それを聞いた姉貴は腕を組んで、宣言した。

「あたしはライと寝るとか絶対無理だしおかしいし、あたしを負かしたそこの魔族と寝たらあたしは寝首をかくわ」

「ひうっ！」

「あたしはもう寝る、あんたらも寝ろ」

そう宣言して、姉貴は……なんとベッドに入って即寝息を立て始めてしまった！

「……」

「……」

ど……どうしよう……。

「あの……」

「……はい……」

「これで別に寝ると明日が怖いので……その……寝ます、か……」

「は、い……」

お互い絞り出すように、その結論を出した。

二人で、背中合わせに寝る。

「狭く、ないですか……？」

「いえ……私は……大丈夫です……」

「これ……嫌じゃ……ないですか……？」

「それも……私は……大丈夫です……むしろ……」

「……なん……ですか……？」

「……あ……なんでも、ないですっ……！」

……。

「そう、ですか……」

「……そう……です……」

……。なんだかんだ、今日は色々あって……。疲れた……。……眠い、な……。

そういえば……むしろって……次に続く言葉……一つしか……。

……眠い……。考えが……。……、……。

思い出のハンバーグを食べました

母さんは優しい人だった。

父さんは大らかな人だった。

勇者を輩出するという不思議な村は、何故か分からないがこの村から生まれた人しかその力に目覚めなかった。代わりに、この村の人間なら誰でも適性が現れる可能性があった。だから、村の人間は、皆戦うことを意識している。

両親は二人とも戦士であり、いつも狩りをして暮らしていた。その時その時でいろんな肉が出てきたが、肉はどれもおいしいものだった。

特に……ハンバーグは特別だった。ハンバーグの日は必ず両親の機嫌が良く、母さんは満足した顔でおいしいハンバーグを出してくれた。

ハンバーグの味も好きだったけど、そのハンバーグを食べた日の両親がいつも楽しそうだったから好きになったのもあるのかもしれない。とにかく、特別な日だった。

父さんが豪快に笑っていて、母さんが優しく僕の頭を撫でてくれている。僕は機嫌のいい時の母さんに甘えるのが好きだった。いいにおいがする。いつもよりいいにおい。

優しく後頭部を撫でる髪。全身を抱きしめる暖かい腕。僕も母さんにしがみつく。

本当に……頭が溶けていくような……甘くて……蠱惑《こわく》的な匂いで……

………………ん……？……なんだか、体が温かい。すごくいい匂いがする。何か、すごく寝心地がいい。……寝心地……そうか、夢だったんだ……朝か。よし、目を開けよう。

「――――あっ！」

「……！」

目の前に、リンデさんがいた。それも、目を覚ました瞬間からばっちり目が合った。………？

……頭が……覚醒してくる……。うん……うん、間違いない。

「結構前から起きてました？」

「……はい……」

寝顔、思いっきり見られてたみたいだ。……恥ずかしい……。目の前で受け答えする、ほんとに美人だなーなんてぼんやり思って、何か様子がおかしいなと思って……ようやく僕は今の状況に気がつく。

……抱きしめてる。僕が……僕が、リンデさんを、思いっきり抱きしめている。……こ……これは……。これは僕が、や、やってしまった……！

「す、すみません僕、完全に寝ぼけて、寝相でリンデさんの方を向いてしまっていて！」

「いいいいえいいえいいえ！　違います！　だって私も背中向けてましたし！　なにもライさんが悪い訳じゃ、いや悪くないですし！　むしろ全く悪くないですし！」

よくよく見るとリンデさんもリンデさんで僕の方を抱きしめていた。そういえば寝る前はリンデさんも背中の方を向いていたわけで、お互いがお互いの方を向いて抱きしめていたことになる。しかも……リンデさんの片手は僕の頭を撫でていた。

「頭……」

「あっ！　ごめんなさい、嫌でしたよねごめんなさい！」

「ま、待ってください！」

「……え？」

今、頭を撫でられたことで、忘れかけていた夢の中の光景を思い出した。そうか、あの夢は……。

「母さんの夢を見ました」

「え、お母様の、ですか？」

「はい。こうやって撫でてくれましたから」

「……。……そう、ですか。じゃあ――」

リンデさんは、それを聞くと遠慮がちに僕の頭を再び撫でてくれた。少し……目を閉じかける。気持ちいい。ああ、この感じ……懐かしい……。密着しているのは恥ずかしいけど、幸せを感じるリンデさんの綺麗な金色の目と目が合うと、お互い照れくさくなって少し微笑み合った。

僕は少し、大胆になってリンデさんを抱きしめている腕の力をもう少し強くして彼女を引き寄せた。至近距離に来たリンデさんの顔。彼女は嫌がっていないようだったけど、恥ずかしそうにしていた。

リンデさんの手櫛《てぐし》が、対抗するように髪の中にまで入ってくる。お互い、何を意地になってるのか、おかしくてくすりと笑った。

ああ……本当に、気持ちいい……。いい匂いで、体中が幸せな感情で満たさ――――、

――――腕を組んだ姉貴とリンデさん越しに目が合った。

なッ⁉　い、いつから⁉　いつからだ⁉　頭を撫でられる今のやり取り、まさか最初から見られていたのか⁉

僕の様子が急激に変わったのを察したリンデさんが、後ろを振り向き……もちろん姉貴と目が合った。そして固まり、僕の後頭部から腕がゆっくり離れる。

「……あ……ああ……」

リンデさんは、ゆっくり僕から離れ、ベッドを出て立ち上がり……。

「っすみませんでしたぁぁぁぁー！」

思いっきり土下座をやって、

「あああああーーーっ⁉　あーっ⁉　あああーっ！」

今度は僕の部屋に穴を開けた。

「……なるほど、ね。こうやって開けたわけだ」

「…………はい…………」

姉貴が呆れた溜息を出して、一言、

「ライ、朝食」

と言って部屋を出て行った。

「……」

「……」

僕とリンデさんは、お互いなんともいえない気恥ずかしさとともに、部屋を出たのだった。

朝食は、安定のパンとサラダと、ベーコンにチーズだ。コーヒーも淹れる。

「朝はこのメニューなんですね」

「はい、そういうことです」

「私この組み合わせ、一つ一つも好きなのに、一緒に食べると混ざり合ってますます好きになるから大好きです」

リンデさんはにっこり笑って、昨日と同じように不器用にフォークを使って食べだした。

「……んー、ほんと、あたしを圧倒した魔族の戦士とは思えないわね……」

「だよなあ……」

姉貴のつぶやきはもっともだ。僕も最初に話しかけられた瞬間から驚いてしまったんだから。最強の剣士がまさかこの見た目で、村の誰より幼い雰囲気の女の子だなんて思いやしないだろう。

「リリーと同じ感じで呼ぶわ……えーっとリンデちゃんね」

「もぐもごっ……！　んっ……はい！」

「あたしはミア、なんだかあんな初対面になっちゃったけど、あたしは敵対する気はないわ。よろしくね」

「ああっ私の方こそ、ミアさんにいきなり失礼なことをして、申し訳ありませんでした……！」

リンデさんはぺこぺこと姉貴に向かって頭を下げた。上目遣いに許して欲しそうに見る感じは、怒られるのを怖がっている子供そのものだった。

姉貴はそんなリンデさんの様子にも苦笑した。

「いいわよ、ライのために怒ってくれたんだから、むしろあたしの方が謝らないといけないわ……そうね、あたし、ライの料理って褒めたことない。母さんの料理も……あまり、褒めなかった……し……」

「いや姉貴、あまり気にしないでくれ。その分リンデさんには沢山褒めてもらってるし、そこでようやく母さんと同じ気持ちになれたんだ。リンデさんがいなければ、料理をおいしいと喜んでほしいと自分が思っていたことにすら気付かなかったよ」

「……そ。ライもすっかり大人になっちゃったね」

姉貴は少し寂しそうにそう言って、カップの中のコーヒーを混ぜた。

「あたしさ、なんだかんだ、ライの料理好きだったのよ。……ううん、言い訳みたいだからやめとく」

「姉貴……」

「……でも……自分は料理出来ない癖してさ……男のしかも年下である弟に料理丸投げなんて、ダメな姉貴よね……ライを連れて行かなかったけど、外の料理は、どれもライ以上に母さんの料理とはまるで違ったわ」

「……」

「外の料理は、それはそれで悪くなかった。だけど……母さんの料理を求めて外の料理を探して、ライに母さんの料理の再現を要求しておいて……あたしは……あたしは心のどこかで早く諦めてほしいだなんて、矛盾した考えで外国の料理や調味料を与えていたのかもしれない。母さんの料理をまた食べたいという気持ちと、母さんの調理をライが超えられるはずないって気持ちと。……でも、ライなら出来るんじゃないかって気持ちも、ある」

姉貴は手をあげると、「アイテムボックス」と呟き、空間から道具をいくつか出した。

それは……新品の調理器具と、調味料の数々だった。

新品のフライパン。肉の追加。パンの追加……塩、胡椒、チーズの追加。そしてこれは……パセリの追加。

「ライ。あたしはあんたに期待してる。いいわね」

「任せて」

それは、母さんのハンバーグを作るためのものだった。


「ところで晩まで時間あるし、えーとリンデちゃんだっけ」

「はいっ！」

「魔族の話っていうの、いくつか聞かせてもらえる？」

「わわ、興味がおありですかっ！」

「あるわよ、そりゃもうめっちゃあるわ。ちょっと常識を洗い直さないとダメね」

「わかりました！　それでは不肖《ふしょう》このリンデ、お教えいたしましょうっ！」

そうして二人は、魔族について話し込んだ。僕も、姉貴に魔族の身体能力、属性や状態異常の耐性の話などをいくつか話をした。

姉貴は最初は真剣に聞いていたけど、だんだん怪訝な顔になって、最後の方にはもう放心状態って感じになり――――、

「――――ライ」

「……なに？」

「もしかして、あたしってバカなのかな？」

「姉貴がバカなら、ハイリアルマ教の人間みんなバカだと思うよ」

「……慰められていることにしておくわ……」

姉貴は、教会からの教えとリンデさんから聞く実情の差に頭を抱え込んでいた。魔族を滅ぼすこと、魔王を倒すこと、魔族と魔物を一緒に考えていることなど……全てにおいて。

でも、魔猪の討伐を担当しているという話は、さすがに効いたようだった。

「勇者の紋章を受けて、勇者としての使命を持ったというのに。まさか倒すべきとしていた相手に自分達が守られているなんて滑稽《こっけい》もいいところだわ……」

「ああでも、灰色のデーモン連中は明確に敵だよ」

「あたしを煽ったヤツのことね。……ほんと聞くほどに全然違うのね、一緒にしないように気をつけないと」

姉貴は一通り聞き終えると軽く息をついた。リンデさんはデーモンの話題が出たことで昼間の事件を思い出したのか、デーモンに関して怒り出した。

「あの悪鬼！　ライさんの料理をあんな……！」

だけど、僕の考えは違った。

「安心しました」

「……え？　はい？」

「デーモンに鍋を飛ばされてです」

リンデさんは、納得いかない、といった様子で立ち上がった。

「ラ、ライさん！　なんてことというんですか！　あんなことをされて、しかも、わ、私まだ食べてなかったのに！　許せません！」

「違います、そういう意味ではないです」

「ど、どういう意味なんですかっ！」

「デーモンって、僕の料理が嫌いなんだなって」

「――――あっ」

リンデさんも、そのことに思い当たったようだ。

「デーモンは、僕の料理を食べた時に『草が入ってる』と言いました。それが野菜のことなのか、それともハーブやスパイスのことなのかは分かりません。でも、『血を抜かないで食べる人間』が好き、みたいなことを言った気がするんです」

「つまり？」

「つまり、それは僕の料理技術、そして僕に限らない人類や魔人族の味覚に合ったものをデーモンが求めないということ。それは奴らが全く交流できないタイプの文化軸にいるということです」

お互いに共感するものがあれば、魔人族と僕達みたいに、デーモンとどこかの男爵領民が仲良くする可能性だってあった。仮にそうなっていた場合、当然のことながら勇者の村と男爵領民の関係も難しくなる。

しかしあの料理の嫌い方と、人類とは到底相容れない食事の好みを聞いた限り、まず間違いなく人類と友好関係を築いている可能性はないだろう。

「魔人王国と悪鬼王国が争っていると聞いた時、もし悪鬼王国に話の分かるようなタイプがいたら、魔人王国と人類全体との友好関係は複雑になるのではないかなと。でも少なくとも、その不安要素は現在全くなくなりました。……と、長々と説明してしまいましたけど、まあ早い話が——」

こちらを向いている二人に向かって、満面の笑顔で宣言した。

「——僕の料理をおいしいと思わないデーモンは、僕も大嫌いですね！」

リンデさんも姉貴も笑った。

チーズハンバーグ。それは僕たち家族の思い出の味だ。

やや田舎の村だと王都にある食材は中々手に入らない。だから、塩などの調味料のように買いだめできないチーズやパセリを使った料理は、姉貴が王都と村を行き来するようになった今はまだしも、数年前はそれはもう考えられない程贅沢な一品だった。

それを食べるのは、子供の僕たちにとって数少ない楽しみの一つとなっていた。だから、ハンバーグが始まるとハンバーグが続くぐらい母さんは作ってくれた。

僕と姉貴の、大好きなハンバーグ期間だ。

まずは玉ねぎ。最初は目に染みるし切りにくかった玉ねぎも、慣れたものですぐに切れた。新しいため、生で少し食べてみてもあまり辛くない。

挽肉……挽肉を作るにあたって、今回はせっかくだから、オーガキングの肉を使ってみようと思う。血の臭みのない状態までもっていったそれを大ざっぱに切った後は、木のまな板に乗せて切り身を細かく潰していく。細かくなっていく肉を見ながら、母さんのハンバーグを思い出す。

真ん中に、チーズが入っている。糸を引くように溶けるそれは、今ほど手に入らなかった。姉貴が稼ぐようになり、大量に買い込んでは僕の元へ届けてくれるから使えるものだ。

その周りの肉は、緑の斑点《はんてん》があって、それが不思議とおいしいのだ。

……っと、肉が綺麗に細かくなった。ここで先ほどの玉ねぎと、パンを細かくしたものと、塩は少なめ黒胡椒は粗く多めに……そして、パセリを細かくしたものをたくさん入れる。姉貴はチーズと同じ場所で大量に買い込んでいた。

考えながら混ぜていると、すっかり綺麗に混ざった。この種にチーズを入れ、母さんの……少し平たくて大きいハンバーグを作る。中央は少しへこませる。これは火を通りやすくし、かつ焦げないようにするための母さんの工夫だったんだろう。

くぼみはソースを載せるためかと思ったけど、これも膨らんでいくのを抑えるためであり、火の通りをよくするためだった。

焦げてないけど、しっかり火が通った、大きな大きなハンバーグ。

ソースは……今焼いているフライパンに、予《あらかじ》め煮込んで作っておいたソースを入れる。姉貴が翌日の晩を予約したのは、このソースがすぐ出来ないのを分かっていたからだろう。オーガキングの肉や骨と野菜で出来たそれはいつもより粘度が高い気がして、なかなかいい出来だった。

これを三人分三回繰り返して……完成。

「わあわあ！　すっごい！　おにくがこんなにきれいになっちゃってます！　なんだかどろっと乗

ってるののにおいもすごい！」

「ソースですね、それが肉に味を付ける、濃い味のものです。口の中でバランス良く混ぜて食べるんです。ステーキなどにも使えますよ」

「そーす！　ソースさんこれだけで味をつけちゃうなんてすごい！　感動しましたっ！」

相も変わらず元気なリンデさん、ソースさんに感激だ。

一方姉貴は、真剣な顔をしている。

「本当に見た目が綺麗になったわね……それじゃいただくわ」

「はいどうぞ。僕も食べるよ、いただきます」

「わっわっ、いただきますいただきますっ！」

姉貴とリンデさんと一緒に、僕もチーズ入りハンバーグをいただく。

……。…………。……これは、おいしい……。

おいしいけど……。……これ、は……。

「おおおいしいい～～っ！」

僕のぼうっとしていた頭にリンデさんの元気な声が響き、考え事をしていた意識が引き揚げられる。

「ななななんですかこれーっ！　おいしい！　ソースが、ほんとに濃くて、お肉と混ざって、お、お肉がまたやわらかくて、こ、こんなの今までのとまた違いすぎます、おいしい～っ！」

「ありがとうございます、今日のは我ながら、本当に……おいしい」

「ライさんの料理の中でもこんなにおいしいなんて、すごすぎますハンバーグ！」

「もうちょっと食べ進めると、新しいものが出てきますよ」

「たべますっ！」

リンデさんは少しスプーンを進めると、それに出会った。

「き、きいろいものが！　きいろいものがでてきました！」

「朝食べたチーズです」

「ちーず！　チーズってあのチーズ、こんなんじゃなかったですよ!?」

「温度を上げると、そうやって溶けるんですよ。食べにくいかもしれませんけど、口の中で混ざるとおいしいですよ」

「は……はいっ……！」

リンデさんは慎重に、真剣に、チーズを含めたハンバーグを掬《すく》い、口の中に運び……。

「～～～～っ！　んん～～～～～っ！」

幸せそうに目を閉じて、体をくねらせた。

「こ……これが、チーズ入りハンバーグ……！　す、すごすぎます……！　こんなに、こんなにおいしいものがこの世にあっていいのでしょうか!?」

「いいんですよ、リンデさんがオーガの肉を取ってきてくれたら、キングじゃなくてロードでも、何度でも作ってさしあげます」

「しあわせすぎ～～っ！　ライさん素敵すぎます～～っ！」

リンデさんの満面の笑みを見て、僕も笑顔になる。やっぱりおいしいと言ってもらえて嬉しいし、褒めてもらえると照れるし……でも何よりリンデさんのこの顔を見られるのは、僕自身幸せな時間だ。

しかし……僕は、リンデさんを見ながら、徐々に不安に駆られる。そして……姉貴に視線を向けた。

リンデさんもはっとして、姉貴に顔を向けて見た。姉貴は、食べてからずっと、顔を顔を伏せていた。

「……姉貴……」

「ライ、これ……」

姉貴が、少し恨みがましい目で僕を見た。

「なんで、こんなもの作ってしまったのよ……！」

その一言を聞いて、リンデさんは立ち上がって怒った。

「な、なんですかその言い方は！　おいしいでしょう!?　間違いなくおいしいでしょうこれは!?

どうして、そんなことを言うんですか！」

「おいしいわよ！　でも、これはダメ、過剰においしすぎるのよ！」

「……え？」

リンデさんが、言われたことの意味を理解して、混惑した様子で再び椅子に座る。

「姉貴。多分これ、答え……だよな」

「そうよ。ライ……これは、間違いなく。答えよ」

そして、姉貴は、母さんのハンバーグの秘密を言った。

「……母さんは、オーガを討伐した日にそれを料理にしていたのね」

……それは、僕も思ったことだった。

ずっと、姉貴に作っては、違うと言われてきた母さんの料理。今から考えれば、機嫌が良かったのは、オーガの討伐を両親が二人で成功させていたからだ。同じハンバーグが続いたのは、人型の魔物の肉を、ギルドが回収しなかったから。

僕はあの味をいまひとつ再現できず、納得できなくて、きっと姉貴も……。

「……どうしようもなくてさ、ライが作ってくれたハンバーグはあんなにいつもおいしかったのに、母さんと違ったから、これは母さん以下のものに違いないって思うと褒めたくなくなっちゃって……あたしもバカだよね、そんな姉貴、嫌われて当然だよ」

「別に僕は姉貴を嫌ってはいないよ」

「ん……ありがと、そう言ってもらえると助かるわ。……でも、今回のは……間違いなく、おいしいわ……」

隣でリンデさんが、笑顔になる。だけど……僕と姉貴の顔は晴れなかった。それを見て、リンデさんは不思議そうな顔をする。

「……どうしたんですか？　二人とも、これは……よかったことじゃないんですか？」

「そう、よかったわ……よかったわ！　これは、これは、ずっとあたしの中で頂点だった、過去との決別なの！」

姉貴は、今まで溜めた分を押し流すように、叫んだ。

「あたしは、ずっと後悔してきた。今じゃこんなに強いのに、どうして勇者の力にもっと早く目覚めなかったのって。……もっと早く勇者の力に目覚めてたらあんなオーガロードなんてあたしが倒していた！　父さんも！　母さんも！　まだ生きていた！」

　姉貴が悔しそうな顔をして僕を見た。

「ライにこんな苦労をかけることもなかったのに！　自分が許せないことと、勝手に勇者に選ばれておいて、勇者に選ばれなかったライに当たり散らすようにしてしまって。食事で苦労をかけてきながら、母さんにもおいしいと言わなかったのに弟に言うものかって……ライだって、私の年下で、母親が死んだ子供だったっていうのに……最低の姉よ！　でも、ライ！　あんたがこんなもの作ったら――――母さんが過去の人になっちゃったじゃない！……ごめんなさい母さん、守れなくて、ごめんなさい、全く親孝行できなくて……おいしいって最後まで言ってあげられなくて……ごめんなさい……！　ライ……今まで、ごめんなさい……！」

「姉貴……いいんだ、もう、僕は十分救われたし、報われたから……」

　勇者として過剰な力を急に与えられた姉貴。だけど……力が手に入った頃には守りたいものはなくなっていた。

　過酷で孤独だっただろう……。強い女として舐められないよう気丈に振る舞ってきた、豪快な戦士である勇者ミア。その姉貴が、僕の前で悲しみに震える女の子になっていた。

「僕の方こそ、ついていけるほどの強さになれなくて、ごめん……やっぱり自分で自分が情けないよ、姉に守ってもらうだけの弟で……。それでも、八つ当たり同然でもさ……調理器具も食材も、一人暮らしにはうれしかったよ」

「そう……そうなのね……あたし、ずっと自分のやったこと後悔してたけど、よかったのね、許されるのね……」

「もちろんだよ」

姉貴は、悲しい顔を止めて僕を見て優しく笑った。

「……。……うん。ライ、たった二人の家族だけど、一緒に両親の死を認めて、乗り越えていってくれる？」

「こちらこそ。一緒に一人前になろう」

「ん。おいしかったわよ、あんたの母さんのハンバーグ。母さんより、おいしかった」

「ありがとう、これで目的が達成できた」

僕も姉貴と一言交わして笑った。……んだけど。隣でリンデさんがまた泣いていた。

「うう～～っ……ごめんなさいミアさん、私、何も知らずにおいしいと言えだなんて言ってぇ～っ、ぐすっ、こんなに、二人に、事情があったなんてぇ……」

そんな姿を見て、姉貴は呆れたように笑った。

「あんたが泣いちゃってどうすんのよ」

「リンデさんは僕の前ですぐ泣くし、よく泣くよ」

「はー、そうっすか。ほんと、魔族のイメージ根底から覆されるわ……」

姉貴はそんなリンデさんの様子を見て、泣いているリンデさんの頭を撫でた。「よしよし」と言いながら優しく頭に手を乗せる姉貴。それはまるで、仲のいい姉妹のようだった。

そんな晩飯も終わった後、姉貴は僕に言った。

「んじゃまーあたし、暫《しばら》くここいるけどいいわよね」

「それはいいけど……寝る場所は？」

姉貴はそれを聞くと、再び腕を組んで、眼を細めて言った。

「昨日二人でいるのは嫌だった？」

「え!?　い、嫌じゃなかったけど！」

「見れば分かったわよ」

そうだ、今朝は一緒にいるのをじっくり見られてしまった。……というか、あれは……。

「……あの、ミアさんはどこから見ていたんですか……？」

リンデさんが僕の代わりに質問してくれた。

「リンデちゃんが『むしろ全然悪くないですし！』とか言ったあたりかしらねー」

「かなり最初の方でしたーっ!?」

大体一連の流れを見られていたらしい。頭が撫でられるまでのあの流れも、その……僕が抱き寄せてしまったところも……。

「……ライ、どう？」

「正直に言います。ちょっと、その、色々と耐えられないと思う……」

「オッケーわかったわ。まああたしも、あんまりせっつくわけにもいかないからね。この様子だと二人の中で結論が出るのはもう少し後だろうし。リンデちゃん、あなたがよければ、私と一緒のベッドでどう？」

「よ、よろしいのですか⁉　殺されたりしません⁉」

「もうあんたには感謝しかないわよ、ていうかあんたを殺すと二度と弟と会話できなさそうだから怖くてできないわ」

「そ、そういうことでしたら……！　ミアさん、ご一緒しますっ！」

リンデさんは、当分の間姉貴と一緒のベッドで寝ることとなった。


今日も……いろいろ、あったな。

姉貴のこと、分かっているようで全く分かっていなかったけど。今日は停滞していた時間が動きだして、事態が好転してくれたと思う。


母さんは優しい人だった。

父さんは大らかな人だった。

姉貴は、豪快だった。

僕は、繊細なんだろう。

似ていないと思っていた。

……でも。

姉貴も、優しい人だった。

僕も、大らかなんだろう。

両親の顔を思い出しながら、その血が自分たちに流れていることを再確認できたことを嬉しく思い、リンデさんに心の中で感謝した。そのぬくもりのないベッドで、今日は心を落ち着けながら。

……同時に、少し肌寒いな、と感じながら。

僕は今日の出来事を忘れないだろうと思いながら眠りについた。

宝飾品は、やっぱり憧れでした

久々に、よく眠れた気がする。僕はその一人にしては少し大きいベッドの毛布を払うと、朝の寒さを感じながらも、起きて伸びをした。少し姉貴の様子を見に行こう。ちょっとリンデさんも心配だし。

姉貴は……リンデさんと仲良く向かい合って寝ていた。姉貴も姉貴でリンデさんを気に入ったのか、しっかり抱きついて眠っていた。リンデさんも……姉貴の体を抱いている、のかな？　仲が良さそうで安心したところで、朝食の準備をするために部屋を離れた。

いつもの朝食。だけど、僕は毎日同じというのは、安定しているけどどうしても冒険心というか、代わり映えしない毎日に進歩のなさを感じて不安になる。

今日は……そうだ、普段はあまり意識しないサラダの方へ、味の種類さんを向けて見よう。……ふふっ、すっかりリンデさんの口癖が移ってしまったかな。

「おはよ～」

姉貴が起きてくる。寝ぼけ眼で現れた姉貴は、僕の調理姿を見て、そのままじっと観察を始めた。

「……ど、どうしたの？　なにか面白い？」

「おもしろいよー、ライの料理を作る姿は、おもしろい」

「リンデさんにもずいぶん見られたけど、そんなに面白いものかな」

「面白いにきまってんじゃん、ライはわかってないなー」

姉貴が、ゆっくりと歩きながらその理由を語り始めた。

「あんたさ、あたしの勇者としての超強い魔法とか、どう？　魔物をぱぱっと片付けてしまうような巨大な魔法、見てみたくない？」

「そりゃ、見てみたいよ。派手でかっこよさそう」

「そういうことよ。あたしにとってそんな魔法なんてなーんの面白みもない、自分の中では普通のものでしかないわけ。でもね、滅多に魔法を目にしない人にとってはとても珍しいものでしょう。だから、あたしにとってライの調理姿ってね、Sランク大魔術師の驚異的な魔法に匹敵する、とても珍しいものなのよ」

「ああ……なるほどなあ」

その能力が希少であるか希少でないかというより、その人にとって希少であるかないかというほうが、大事なんだろう。

僕はそういうこと、あまり考えたことがなかったけど……確かに、そういうものかもしれない。魔族のリンデさんにとっては僕の料理技術が、その珍しい魔法に当たるんだろう。僕にとっては、あの時空塔強化という謎の魔法の方がよっぽど珍しいけど、リンデさんにとっては何度も使ったことのあるいつもの技、ぐらいの感覚なんだと思う。

「あたしと何度も共闘したことがある人だったら、あたしの能力なんてそんなに大した珍しい見世物じゃなくなっちゃうの。だけど、きっと勇者を見慣れた人には、ライにしかできないことは、あたしの力より珍しいものになる。そこに能力の上や下なんてものはないの。そして、場合によっては私の力より、ライの料理技術の方が良いとか、凄いとか、必要と思われたりもするのよね」

姉貴の話を改めて思うと、人間の関係って、きっと自分の出来ないことを補うことで出来ているんだろうと思う。

その話は、きっと……姉貴が僕を連れて行きたかったけどいけなかった話にも繋がっていて……。

「おはよ～ござい ま～す……」

……っと、リンデさんが起きてきた。

「そうそう、ライ、リンデちゃんとーってもいい抱き心地だったわー。あんたがぎゅーってしちゃった気持ちわかるわねー」

「や、やめてくれよ……あれは……」

僕がそのことを思い出して顔を赤くしていると、リンデさんも寝ぼけ眼で姉貴を見た。

「あ、私も……ミアさんって、ライさんと近い匂いがして安心します。私より小さいですし……すごく、その、かわいいなって……」

「かわいい！　勇者になってからというもの、絶対にもらえなかった評価で嬉しいわ！」

姉貴はリンデさんのその一言を気に入ったようで、満面の笑みで抱きついた。よかった、この様子だともう二人とも安心だろう。

「それじゃ、あたしはライの調理をもうちょっと鑑賞してるわ」

「あっあっ！　私も！　私もライさんの料理姿見たいですっ！」

……仲が良すぎて、二人の視線の中で料理するというちょっと恥ずかしい事態になってしまったけど……まあ、いっか。あの初対面の心臓が止まりそうな光景に比べれば全然。

もうあんなこと、起こらないよね。


「はい、朝食できました」

「やったーっ！」

僕は、今日の朝食を出す。

「……あれ？　今日は違う雰囲気ですね」

「はい。今日はサラダを中心に作ってみました」

そう、今日はパンと肉ではなく、野菜のものを中心に作ったものだ。皿の上には人参とポテト、ブロッコリーなど食感のある野菜が乗っている。

「えーっ、肉じゃないのー？」

姉貴らしい文句がやってきて、あいかわらずだなあと苦笑する。でも今日はちょっと違う。僕はそんな姉貴に、特製のそれを出した。

「……それは？」

「今日は、リンデさんもいるのでいつものようにセルフで味をつけるものではなく、僕がもともと味をつけたものを使います」

「へえ、ライが何考えているかわからないけど、やってみなさいよ」

「それでは遠慮なく」

僕は、事前に作ってあった赤いソースをかける。トマトを潰したものに、レモンと塩胡椒にオリーブオイルを入れて煮詰めたものだ。粘度のあるソースが、野菜にかかる。

「見た目は悪く無さそう。食べるわね」

「どうぞ」

「あっ私も、私もーっ！　ミアさんだけ先にずるいですーっ！」

「はい、もちろんリンデさんの分もありますよ」

「わーい！」

リンデさんにサラダを用意する間に、姉貴が一口その野菜を食べた。

「……これは……いいわね……野菜のくせに食べやすくておいしいわ。葉っぱと比べて食べてる感じがあるのもいいわね」

「野菜のくせにって……その様子だと外でもあまり野菜を食べてないね？」

「もちろんよ。そもそも売ってるもの肉と豆と芋にパンばっかりなのよね、野菜なんてそうそう食べる機会がないの」

まったく、そんなので体が……大丈夫だから勇者なんだよなあ。でもせめて家にいるうちは体にいいものを食べてもらわなくては。

「んん〜〜っ！　おいしい！　この赤いソースさん、とってもさわやかで、おいしくてすごーいっ！　あの草っぽい感じの野菜さんが、スープじゃないのにこんなにおいしくなっちゃって、いいんでしょうかっ⁉」

一方リンデさんは、元気いっぱいに僕のサラダソースを絶賛してくれて、聞いている僕も笑顔になっていく。

「ありがとうございます、本来サラダは一人一人自分で味を決めるものなんですが、リンデさんが塩も扱い慣れていないということなので、僕が作りました」

「あはは……本当に恥ずかしい限りで……でも、こんなにおいしいものを出されちゃうと、自分でがんばろうなんて思わなくなっちゃいますよぉ」

「ふふ、ずっと頼ってくれていいですからね」

「もう元の生活に戻れませんっ！　ずっと頼りにしますーっ！」

朝からリンデさんを餌付けしているみたいで、ちょっと後ろめたいなって思っちゃうぐらい、頼りにされてしまった。リンデさんに頼りにされるのは、本当に嬉しい。

リンデさんと僕は、そんなやり取りに一緒に顔を合わせて笑い合った。

「……はーっ！　あっついわねー！」

「あっ」「あっ」

横から飛んできた大声に、僕とリンデさんが同時に飛び上がった。

「もーあんたたちどうしてそんなに息ぴったりなのよ、一体どんだけ長い間暮らしていたのよ⁉」

「ま、まだ一週間経ってないどころか、三日とか四日とか……」

「えええ⁉　ほんとどーなってんのよ⁉　よっぽどじゃないのあんたたち、なんでそんなにお互いのことは全部知ってますみたいな反応なのよ！」

サラダをいつの間にか食べ終えてた姉貴は、両肩を上げて、やれやれといったジェスチャーを取った。僕もリンデさんも頬を赤く染める。

「……あたし、これ完全にお邪魔よね？」

「い、いえ！　ミアさんのことも、私は興味ありますし！　知りたいことたくさんありますから！　ほんとですよ～！」

「そお？　あたしもリンデちゃんに興味あるし、もうちょっとお二人の時間にお邪魔しちゃって大丈夫かしら」

「ふ、二人のなんて……！　まだそんな、えっと、えっとぉ……」

もじもじしているリンデさんの言葉を聞いて、「……へえ？」と片眉上げてなんだか納得した様子の姉貴。ちょっと変な方向に向かいそうな会話を修正する。

「ああもう……いいだろ姉貴、その辺で」

「ごめんごめん、あんまりにも面白いんでからかっちゃったわ。ライ、今日のもおいしかったわ。あたしの嫌いな料理とか食材とか、ライにかかればあってないようなものね」

姉貴は楽しそうに二階に上がっていった。最後に少しだけ、朝食の感想を言って。

……その一言で僕の気分は大分上向きになってしまったんだから、我ながら甘いというか、ちょろいというか。

でも、本当に嬉しい。母さんにももっと言ってあげたかったな。


姉貴は二階に上がり、部屋の荷物を軽く整理してからすぐに下りてきた。

少し遅めにステーキメインの昼食を食べた後、姉貴の予定を聞いてみる。

「午後は何かするの？」

「……うーん、デーモンをリンデちゃんが先に倒してくれちゃった以上、あたしのやることってないのよね……周りの魔物も綺麗にいなくなってるし」

確かに、姉貴がやるべき事というのは、リンデさんが先に全てやってしまった。なので、勇者の姉貴としての仕事は何もないといえば何もないのだ。

「じゃあ……ライの、そうね……久々にあの飾り物作りでも見せてもらえないかしら。指輪とかもいいの買ったけど、ちょっと相性が悪いというかね」

「か、かざりもの！　宝飾品ですかっ⁉　み、みせていただけるのでっ⁉」

「うおっ食いつくわねリンデちゃん！」

「きらきら宝飾品は、魔族の間では女王様のものだけで少なくて女の子の憧れなんですよぉ～っ！」

そういえば、先日そういうことを言ってた。じゃあ……。

「いいよ、今日はそれをしよう」

「や、やったー！　やったやったー！　やっったーーーっ！」

リンデさんはよっぽど嬉しいのか、全身で喜びを表現していた。姉貴がそれを見て「揺れてるわねー」なんて言ってしまったせいで、迂闊《うかつ》にも僕は思いっきり揺れているリンデさんの方を見てしまった！　そして僕とリンデさんは、目を合わせると再び頬を染めて下を向いた。姉貴はそんな僕たちを見て、カラカラ笑っていた。

ぐぬぬ……覚えてろよ姉貴……！


僕は、元々彫刻用に作られた無地の太めの魔石の指輪を持ってくる。安くはないが……魔石自体が大量にあるので、決して高くもない。この魔石に模様を彫って、成功すれば特殊効果がかかり、失敗すれば破損するか効果が低下する。

色は効果によって様々で、赤は攻撃、青は防御など。白系の魔石は……その他、という扱いだ。

効果は空腹感の軽減のような特殊なものであったり、気分の高揚のような精神面に影響するものもある。凄いものになると、物覚えがよくなるとか、動体視力が向上するなんてものもあると聞いたことがあるけど、事実かどうかは知らない。よっぽどの呪い装備なんてものでなければ、悪い効果はないというのが常識だ。

ちなみにこの真っ白で無地の太い指輪は、現段階では全く何の効果もない。彫刻前の素材として安値で売られているものを、僕は多めに買い込んでいた。

……ん？　これは少し金属が入っている？　ちょっと混ざりものだったかな……。

指輪、腕輪、首輪や耳飾りを作るのは、一人で住んでいる僕の趣味であり、また効果のあるものを作り出せた際には量産してギルド経由で王都に売るという実益も兼ねていた。

というか、こっちの方が向いていたため今や生活に困った時にするこちらの方が収益のメインになっていた。

僕は、以前作った魔物の角のアクセサリーを作った時と同じ要領で指輪を専用の道具に固定し、鏨《たがね》、鑿《のみ》とハンマーを使って慎重に彫っていく。この工具を沢山の種類と製作者別に買い集めるのも、実益半分、趣味半分になっていた。

無言で、集中する。しかし……。

「…………………」「…………………」

「……あの……そんなに、見られると、緊張します……」

二人に、じーっと隣で見られていた。

「で、でもでも！　こんなの見ちゃいますよ！　ど、どうなっているんですか！」

「どうって、叩いて、削って、それで魔石の表面を模様にするんです」

「すごすぎて意味不明です……」

感心したように言い、再び僕の手元に顔を寄せて動かなくなるリンデさん。変わらず手放しの大絶賛が嬉しくて、今日も顔が熱い。

褒められて悪い気はしないけど……そんなにやりにくいものなんだろうか。同じ人間感覚だとどうだろう。

「姉貴はどう？　できる？」

「頑張ればそりゃまあやってること単純だし出来るだろうけど、あたしはそういう細かいのやる前に飽きちゃうわねー」

「姉貴らしいね……」

うん、姉貴が彫金技術を習得するまでの地味な作業を耐えられる様子がかけらも想像できない。

というか指の力だけで金属の指輪ぐらい曲げてしまいかねない。

「…………」

……仕方ない……ちょっと、がんばって、集中しますか……！　大丈夫、リンデさんに背中に貼り付かれたあの時に比べれば、余裕余裕……！

そこから暫く無言の時間が続いて、指輪が完成した。

「……こんな、感じ……かな？」

僕は、出来上がった指輪を見てみる。そこには、立体的な波のようなパーツが横に重なるような形でぐるりと円を描くように並んだ、魔石でできた指輪があった。

模様を作るのとは違い、作るのには頭をかなり使うのでちょっと難しいけど……その見た目はなかなか満足の一品となった。

「はー、見てるだけで肩が凝るわね……！　そんな似たような形を繰り返して繰り返して……よくもまあ飽きないもんだわ」

「実際ちまちました趣味だと思うよ。でも、この完成後の姿を見る瞬間は格別だからね、それに手を動かしてこういうものを作っていくって、やっぱり楽しくてやっちゃうんだ」

「趣味でやるもんじゃないわよ、料理といいまったく凝り性なんだから……以前見た時より大幅に上達したわね」

「そう？　だったら嬉しいな」

僕は、そう言って指輪を窓の光に透かしてみようとして……リンデさんと目が合った。

「………………」

「……あの……？」

「……………………………」

リンデさんは、指輪を凝視したままなんだか不安になるぐらいぼーっとしていた。そしてカタカタと震えだした。

「リンデさん？」

「ほんものだ……」

「ん？」

「ほんものだーーーーっ！」

急に叫んだと思ったら、リンデさんは出来上がった指輪を至近距離で、あっちこっちから見始めた。

「ほほほんとに！　ほんとに宝飾品って人間が作るんですね！　びっくりしました！　うわーっこれで金とか銀とかも、作るんですね！」

リンデさん、どうやらまだ宝飾品を人間が作っていたということを信じていなかったらしい。僕が目の前で作って、ようやく信じられたみたい。

「これは……感動です……どうやってここまで細かいことが……？」

「基本は少しずつやるんですよ。やりすぎないよう少し削るという動作を、繰り返して、繰り返して、作っていきます」

「あたまがおいつかない……」

ふと、リンデさんがやったらどうなるだろうと思った。

「やってみます？」

「……いいんですか？」

僕の提案にリンデさんは興味津々といった様子で、せっかくなので何も彫っていない指輪を固定して、道具を渡してみた。

リンデさんは喜び勇んで道具を受け取ったはいいけど、手元に鏨を構えた瞬間に凍り付き、どうすればいいか分からないのか、ガタガタと震えだした。それはゴブリンに出会った幼少期の僕以上に恐怖に震えて涙目になっていて、ちょっと見ていてかわいそうになってくるレベルだった。

リンデさん、指輪は襲ってきませんから安心してください。

「大丈夫です、そーっと、そーっと。まず指輪に、軽く鑿を当てます」

「はわわはわわはわわわわ……」

「そして、ハンマーをその鑿の……そう、後ろ側に、最初は乗せてみてください」

「あわわわわわ……」

聞こえているのか、いないのか、もう返事もできないぐらい余裕がなくなっていた。

「そして、少し持ち上げて……」

「……っくちゅんっ！」

パキリ。

「…………」「…………」

じわっ……。

「わーっ！　ごめんなさい僕が変に無茶振りしたせいですリンデさんは悪くないです泣かないでください！」

「ううっ……ぐすっ……指輪がぁ……」

「ま、まだまだありますから！　家にもたっくさん！　とまではいかなくともありますから！　無地のやつは王都に行けば山ほどありますから！　ね！」

「うぅ〜〜っ…………………」

リンデさんは、かわいいくしゃみの声と共に思いっきり割ってしまった指輪を、こらえきれない涙を流しながら悔しそうに眺めていた。ま、まいったな……やらせてみたらなんて、調子に乗ってしまった。

「……そ、そうだ！

あの！　お詫びといってはなんですが！」

「う〜…………」

僕は、今完成したばかりのその指輪をリンデさんの指にはめ……ようとして入らなくて、あわてて別の指にはめた。

「……ふぇ？」

「これ！　差し上げますから！　だから泣き止んでください！」

「…………………」

リンデさんは、指にはまった指輪を見て、ぴたりと泣き止んで……いや、動くの自体止まってしまってちょっと心配になるレベルだった。

何か、指輪に変な効果でもあっただろうか。

「……あの……大丈夫、ですか……？」

「…………」

「リンデさーん……効果、危ないようなら、取り下げますが……」

リンデさんに声をかけて、先ほど嵌《は》めた指輪を取ろうと、自分の指先を指輪の近くまで持っていこうとした。

一瞬。

本当に一瞬で、僕の手首が捕まれていた。

手が、前にも後ろにも、動かない。……いつの間に……。

視界の端で、姉貴が立ち上がっていたのに後から気付いた。二人ともあまりに反応が速い。完全に僕一人だけついていけない世界だ……。

「は、はじめて……」

「ん？」

「はじめて、ゆびわを、しました……」

リンデさんは、掴んだ手を震わせていた。姉貴が呆れ気味に座ったのが見えた。

「あの……ほんとうに、もらってもよろしいのですか……？」

「えっと、うん。まあ目の前で見てもらったとおり、時間をかければ同じものが……全く同じではないですけど作れますから」

「…………」

リンデさんは、僕の手首を離すと、指輪のついた手を大切そうにもう片方の手で包み込んで、目を閉じた。しばらくそうしていると……やがて、ぽつりぽつりと語り始めた。

「私たち魔人の住んでいる島って、人がいなくなって長い島なんです。どうして私たちがそんな島に住んでいるのかはわかりませんけど……。でも、その元々あった人間の持ち物を使って、あとは狩猟しながら暮らしているという話は以前したと思います。

その中でも宝飾品は、どうやら元々人間の王様一人しか持っていなかったようであまりに少なく、陛下が自分の身につけるだけにとどまっています。

陛下の宝飾品は魔人の女みんなの憧れで、いつか自分にもあの宝飾品を身につけてみたいとみんなで言い合っていました。でもそれは、女の子同士の、恋に恋する女の子のような、実現することがない夢を語るだけで楽しいという類のものだったんです」

リンデさんが、目を開けて手を上に掲げ、自分の指輪をいろんな角度から見る。

「ごめんなさい、今すぐ飛び跳ねたいのに。叫びたいのに。……幸せすぎて、私、どういう反応をすればいいのか全く分からなくて。本当に、ただただ幸福感に包まれて……こんなに幸せでいいのか怖いぐらいで……」

そして僕の顔をまっすぐ見ると、今までで一番優しい笑顔を作った。

「ありがとうございます、大切にしますね」

それは、どきりと心臓が跳ね上がるほど綺麗な顔で。

「あの、はい……どういたしまして……」

僕は、しどろもどろになりながらも、なんとか答えるのだった。僕の反応を見てリンデさんも気恥ずかしくなったのか、指輪を撫でながら下を向いて照れてしまった。

「……はー」

その声に僕とリンデさんは、再び跳ね上がった。

「やっぱりあたし、かなり邪魔よね」

「そそそんなことありませんっ！　わ、私の方こそごめんなさい！　その、私一人だけ、こんないい目にあっちゃっていいのかって気持ちで……！」

「いっそ二人の時間の邪魔だから出て行けって言われた方がよっぽど気が楽だわ……」

姉貴が死んだ目でぼやく。結構長い時間いないもののように扱ってしまっていたせいか、機嫌を損ねて机に指を這わせていた。

無視しようとしていたわけじゃないんだけど……結果的に完全無視していた。

「ごめんごめん、リンデさんと話していると、どうしてもこっちに興味がね……」

「わかってるわよ、ちょっといじけてるだけ。リンデちゃんの反応って新鮮だものね。ライの気持ちも分かるわ。ただ、私にもいい相手がいないかなーって思っちゃっただけ」

「そういう関係じゃ、あっ……」「私ごときがライさんと、あっ……」

二人で否定しようと目を合わせて、やっぱり恥ずかしくなって黙ってしまった。

そんな僕たちの様子を見て……やっぱりじとーっと睨まれた。なんだか帰ってきてから姉貴の三白眼ばかり見てる気がするけど、えっと……その……自分で制御できないというか、仕方がないんだよ……。

「……あの、ミアさんは素敵だと思いますし、どうして男の方が寄りつかないんでしょうか」

「リンデちゃんはいい子ねー。人間の男ってのはねー、自分より強い女には気が引けちゃって受けつけないのよー。なっさけないわねー」

「いや、酔って胸触ってきた騎士団長の腕を姉貴が折ったせいだろ……」

「ウグッ、お、思い出させないで……相手が十割悪いとはいえ、あれからほんっとマジのマジであたしが素手でニコニコ近づくだけで男がみんな逃げるのよ……」

四年ほど前に聞いた姉貴の黒歴史だった。まだまだ駆け出しの頃だったので、相手にも舐められていたんだろう。しかし新人であろうがまぎれもなく勇者。並大抵の人間とは基本的な能力が違いすぎた。

騎士団長が男女貴族たちの前でやった醜態は、瞬く間に広がった。以来、男の縁はもはや関係の始まりさえ起こらないらしい。

それを聞いたリンデさんが、遠慮がちに提案をしてきた。

「あの……それでしたら、いっそ魔人の男性の方とならどうでしょう」

「魔人？」

「私と同じような見た目ですが……私より強い方、近い強さの方、いろいろな方がいらっしゃいますけど……」

「はいはいはい！　興味があります！」

姉貴が身を乗り出して食いついたので、リンデさんが「ぴぃっ!?」と声をあげて身をすくめた。

「姉貴抑えて、リンデさんが驚いてるよ」

「だって！　あんたにはわかんないわよ、こんな朝から晩までベタベタベタベタベタしやがって！　あたしにも寄越せ！」

「ええぇ、まいったな……リンデさん、魔人王国の男性ってどんな方がいるかってことぐらいなら、話していただいても大丈夫でしょうか？　姉貴もその場の勢いで言ってるだけだと思いますから」

「えと、はい……言い出したの私ですし、多分みんな嫌がったりはしないんじゃないかなーと思いますし。私の分かる範囲で知っている男の人のことをお話ししますね」

「よっしゃあたしの春来た！」

来てないと思う。気が早すぎるし、魔人族の男の人を知ったところで相手がどう思うかなんてわからない。なんといっても姉貴なのだ、正直弟の僕からみて、この姉貴に魅力を感じる相手がいるかどうかという最大の壁が立ちふさがる。

まあリンデさんも半分冗談のつもりだろうし、姉貴もそこまで本気にしてないだろうし、ちょっと夢を見る程度の会話ってことでいいだろう。これはそう、女子の会話ってやつだ。『あそこの新作の服見たー？』とか、『新しいスイーツのお店みつけたんだー』みたいな会話のひとつ、『最近イイ男いたー？』みたいな、女子の楽しい暇つぶしって感じの会話だ。

リンデさんが姉貴と仲良く喋っている間、僕は夕食の調理を始めた。調理時間中に姉貴はずっと質問攻めを行い、リンデさんはひとつひとつに丁寧に答えていた。リンデさんも人間のことが気になるんだろう、姉貴にいろんな質問をしていた。うんうん、確かに仲のいい姉妹の日常って感じでいいと思う。

夕食は再び初日のオーガキングスープ。調理時間が長く取れたそれは初日よりもおいしくできて、リンデさんはまた嬉しくなるようなオーバーアクションで喜んでくれて、たくさん食べながらパンも一緒にたくさん食べていた。姉貴もぼーっと考え事をしながらも食事は満足気だった。

翌日、朝食を食べた姉貴は「じゃ、また暫く留守にするから」と切り出した。

「え、ええ……？」

姉貴の急な発言に、まずリンデさんが驚いた。それは姉貴が一体どういう意味で留守にするかピンと来たからだろう。

つまり姉貴は、マジで魔人族の男を恋愛対象として狙うために接近していくつもりだ。マジか。いやこういう人だったわ姉貴。

「い、行くんですか？　魔人王国ですよ？　えっと、ほんとに？」

「当たり前よ！　っつーかこの家これ以上いられないわ！　どーせ今日もあんたら二人はずっと一緒にいちゃついてるんだからいても仕方ないわよ！」

「そ……そんなつもりは」

リンデさんがそうつぶやいて僕と目を合わせて……お互いその言葉を否定しようにもどう言葉を続けていいものか黙ってしまう。

「ほら！　こういう！　空気！　よ！　あーーもーーあたしは春を探しに行くの！　なんだかよくわかんない紋章くっつけられて失った五年を取り戻すのよ！」

姉貴は元気よく宣言して、二階へ荷物を取りに行った。ああなった姉貴はもう止まらない、魔人王国に行くまで絶対帰って来ないパターンだ。

「……ほ、ほんとに行くみたいですね……」

「姉貴は、一度決めた後は動くまで早いからね……」

今回ばかりは言った僕自身驚いているけど。そう言い合ってるうちに姉貴はもう持つべきものを自分のアイテムボックスの魔法に収納してしまったらしい。

これこのまま突撃して大丈夫かな？　沈んだ姉貴を介抱する羽目にはなりたくない。そうだなあ……向こうでも何か、姉貴のできることで人間の文化というか、そういうものをアピールできればあるいは……。

少し考えて、僕は姉貴に先日作り置きしていたものを渡した。姉貴は受け取ると、袋の中身を覗き込む。リンデさんが首を伸ばして、中に何が入っているか見ようとしている。

「これは……ソーセージ？」

「うん、姉貴でも調理するぐらいはできるでしょ」

「あんたねー、さすがにそれぐらいあたしでもできるわよ。焼きすぎない程度に焼けば終わりでしょ」

「そう……だけど、魔人族の人達はその微調整ができない可能性があるからね」

料理ができるというレベルが海水煮込みスープで、リンデさんが塩加減の調節も出来ないというのなら、姉貴の焼くだけソーセージが十分に調理技術として成り立つ可能性もある。

「向こうに到着したら挨拶がわりに振る舞ったらいいと思うよ」

「なるほどね、ありがと。もらっておくわ」

「それと」

ソーセージを受け取った姉貴に、もう一つのものを渡す。

「指輪、結局リンデさんに作ったものを渡してしまったから、姉貴の分も作っておいたよ」

「あら気が利くじゃない。そういえば確かに、元々あたしからライに新しい装飾ができればってお願いしていたんだったわね。というかライがつけなくていいの？　揃いのデザインなのに」

「僕の分もあるから大丈夫だよ、これで同じものは三つ。というか中に金属片？　が入ってるのかあまり純度の高そうな魔石に見えないからね。いい効果があるかどうかはわからないけど、また使った感想を聞かせてくれ」

「そうなの？　じゃあもらっておいてあげる」

姉貴はリンデさんと同じ指輪を右手の人差し指に挿した。サイズも合っていて悪くなさそうだ。

「そういや前貰った赤い指輪、そこそこ悪くなかったわよ。体感的には帝国の高級品の方が力強くて良かったけど、ライのは足が安定するのよね。安定感は生存率に直結するから、あんま値段下げちゃ駄目よ」

「なるほど、あれは元の魔石も良かったからな……参考になった、助かるよ」

姉貴には僕の装飾品をつけてもらい、その感想を言ってもらっている。世界一激しい戦いをする人間であると想定される姉貴による装飾品に対する感想は、何よりも信頼できるものだ。

……ふと、姉貴がこちらをじっとりと見てくる。そしてリンデさんを横目でちらりと見て、こちらの耳元に口を寄せた。

「……な、なに……？」

「あんた、あの時。リンデちゃんは二人の時間という質問に対して「まだ、そんな」って返したけど、まだってことは願望ありそうね」

「なっ……！」

「あんたはまんざらでも無さそうね」

姉貴はひょいっと離れて、リンデさんのほうへ走っていった。僕はもう顔真っ赤だ。リンデさんは……リンデさんはいずれ、そういう関係になることを望んでいる……？

……いや、何かとんでもなく緊張してしまったけど。今もそれ大差ないよな？

「…………、…………」「……」

「――……」「……!?」

姉貴がリンデさんになにやら小声で吹き込んできるようだけど、何を言ったかは聞き取れなかった。リンデさんは……？

「あわあわあわわ、あわあわわ……」

……ホントに何言ったんだ姉貴。

「……リンデさん？」

「ひゃあああああ～～～～っ!?」

「うおおっ!?」

なんか、めっちゃびっくりされた。めっちゃびっくりされてこっちがめっちゃびっくりした。飛び上がってしまった。

「ど、どうしたんですか、姉貴に何を言われたんですか？」

「い、いえ！　なんでも！　なんでもありません！　指輪はもう返しません！」

「別に返してなんて言うつもりないですけど……」

どうにも様子のおかしいリンデさんだったけれど、

「そそそれではあさのぱふょふょーゆにいってきます！」

ドアを開けながら噛み噛みで何を言ってるのか分からないレベルのパトロールに出向いた。姉貴はそんなリンデさんのことを見ながらけらけら笑っていた。……本当に変なこと吹き込んでないよな……？

姉貴はその姿を見て満足したのか、振り返って親指を立てた。

「それじゃあたしも、今から魔人王国へ男漁りに行くわ！」

そんなわけで魔王を倒すはずの勇者は、あっさり魔王退治を投げ出したのだった。

ミミズの錬金術師じゃないです

姉貴がノリノリで出かけて、すっかり一人残されてしまった。まあ、道中心配するような相手ではないし、期待しないで待っておこう。……うん、期待はしない。そもそも腕折り事件を知っているかどうかに関係なく、姉貴の性格を知って恋愛対象に思える男がどれぐらいいるかどうか怪しい。

んー、まあがんばれよ姉貴。僕は僕でやることやっとこう。

ハンバーグを作っていて思ったんだけど、せっかく肉がたくさんあるなら、やはりソーセージにするというのがいいかなと思った。

リンデさんも僕が姉貴に渡したものをちょっと気にしていたようだし、折角だからここで新しくそれを振る舞うのもいいかもしれない。

ソーセージにするだけなら簡単だ。金属の細長い筒に袋を繋いで、その袋の中に肉を入れ、予め用意してあるちょっと大きめの羊の腸へと肉を詰めて結んでいくだけだ。

単純作業だけど、この形で保存しておくと後々楽になる。早速取りかかろう。

まずは、オーガの肉を挽肉にして、味付けを……うん、種類のことを考えるとあまり派手な味付けはせずに塩と黒胡椒にしよう。ちなみにオーガキングの腸は、さすがに太かった。あれで腸詰めは無理だ。

早速挽肉にしていこう……。…………。

……よし、これである程度の肉が出来た。少し時間が経って、水につけておいた豚の腸がいい感じになってきた。筒にセットして、肉を袋に詰めて……まずは空気を抜いて先端を作る。……よし。次に肉を詰めていく。このまま詰めていくと結構な長さになるはずだから、途中で切って、再び1から作り直していこう。

……かなりのメートルになったな……。……袋の肉がなくなった、一旦腸を切って……。……肉を再び……。

目の前には、ぐるぐる巻きになったソーセージの固まりが数段あった。こうやって見ると、結構な量になったなー。

「ただいまもどりまうおおわあああ!?」

リンデさんが、元気よく帰って、元気よくその細長い肉の塊を見て驚く。

「ななな、ななな、なんですかこれ!?　なにつくってるんですか!?　新たな種族ですか!?　ミミズの錬金術師ですか!?」

「違います。全然違います」

ミミズの錬金術師って……確かにそう見えなくも……いや、見えない。…………見えない、よな?

「これは、ソーセージです」

「そーせーじ……って、ミアさんに朝渡したものですか?」

「そうです」

「ううう っそだあ!?　だってあれ、もっと食べやすそうな感じでしたよ!?　こんな細長くぐるぐるってしてなかったです!」

リンデさんの反応に、なんでだろう……と思っているうちに、ソーセージに見えなかったその答えを言われて気がついた。

僕はその長い長いソーセージの一本をつまんで、二箇所潰した。そのまま持ち上げて……つまんだ中心部分をぐるぐると回す。ねじれた部分を切断すると、そこに出来たのは手頃なサイズとなった腸詰め。

「……あ、ああ、あああーっ！　な、なりました！　ぐるぐるってやったらミアさんが持ってたのと同じになりました！」

「はい、この長いものを短く切っていけば、ソーセージの完成です」

「ど、どんななんでしょう！　たのしみです……！」

「それじゃ、もうすぐに調理ができるので待っていてくださいね」

「やったー！　はーい！」

明るく言って椅子に座ってそわそわしているリンデさんを見て微笑ましく思いながら、僕は網に火をつけて焼く。

ソーセージを焼きながら、マスタードのソースと、トマトのソースを用意する。軽く葉物野菜も用意して……。……ん、もうそろそろ出来上がるかな？

「はい、焼き上がりましたよ」

「わあ……！　こんなふうになるんですね！　細長いものがたくさん並んで、見た目もきれい……。この赤いのと黄色いのは何ですか？」

「赤いのはトマトと塩、黄色いのはマスタードの種と酢のソースで、どちらも味付け用のものです」

「おいしそう……！」

僕はリンデさんにソーセージの皿と、多めのパンを渡して、自分も席に着いた。

「いただきます」

「いただきまーすっ！」

まずは一口。この弾力が……うん、いい音がする！　味も、さすがあのオーガロードの肉、文句なしにおいしくできている。マスタードとトマトソースの、酸味と少しの辛さがおいしく効いている。脂のしつこさが、この酸味と混ざっていい。濃い味になるので、手元の何も塗っていないパンともいい相性だ。一本でも十二分に一食分をまかないかねないぐらい、いい感じじゃないだろうか。

「こ、これ、きもちいい～っ！　はぁ～ん……食べてて、すっごくきもちぃ……ぱりんて、ぷるんって、そしたら中からお肉が！　おにくがすごいんですぅ～……」

リンデさんは、フォークで刺したソーセージをうっとりした目で見ていた。

「よかった。黄色いソースことマスタードはお口に合いましたか？」

「はい！　塩みたいな濃い味という感じとはまた違って、すっぱくってさっぱりしますね！　ソーセージさんによく合ってると思います、まだまだこんなソースさんがあったなんてびっくりしました！」

辛いのは大丈夫だったとはいえ、酸味系はどれぐらい大丈夫かわからなかったけど、マスタードソースさんも気に入ってもらえたようで安心した。

「これ、まだまだありますからね、晩にはポテトサラダと合わせて食べましょう」

「やった！　ソーセージさんだけで新しい種類さんをたくさん楽しめるんですね！」

「はい、そうです」

僕は、大量に用意したパンごと全部食べ終わったリンデさんとソーセージ料理の話をしながら、晩のメニューを今から考え出していた。このソーセージは当たりだった、いろいろ応用が利きそうだし沢山作っておこう。


食後にコーヒーを淹れて、二人で椅子に座ってゆっくりしていた。

「リンデさん、そういえば」

「なんですか？」

「姉貴に、魔人王国の……その、おすすめの人みたいなの？　を、紹介してたんだよね」

「えっと……その、そうですね……」

リンデさんも、昨日のことを思い出していた。元気よく質問攻めをしていた姉貴に、ちょっとしどろもどろになりながらも答えていたリンデさんの様子。僕は夕食を作ることで半分以上は聞き流していたけど……。

「誰を薦めていたのかなって気になって」

「とりあえずは、やっぱりハンスさん、ですね」

「一応魔人族の中のトップなんだよね」

「実力の上ではそうですね。性格も、とても真面目な方なので。落ち着いていますし、変に厳しくなくて優しい人です。ただ誰かと交際するかと言われたら、そういう姿を見たことないのでわからないですけど……」

「そもそも魔人族の相手に、人間と恋愛する感覚があるかどうかわかんないですからね……っていうかよく姉貴は即断したな……」

「それは私も思いました。よく迷わずに決めたなって……あ、でも」

リンデさんはふと気付いたように話を切った。

「人間に対して別種族っぽく思うかどうかとか、恋愛感情がないんじゃないかという可能性は、ないと思いますよ」

「そうなんですか？」

「ええ。そういうことに関して思って見るにあたって、私がライさんのことを気にしなかったので、多分ハンスさんをはじめとして、陛下もみんなも、交際対象としてはそんなに違和感持たないんじゃないですかね」

「……。ええと……じゃあ、姉貴が突撃して交際もあり得ると」

「ミアさんが魔人の私を見て交際対象が魔人でいいと思ったわけですし、そうだと思いますよ」

そう明るく返したリンデさんだけど……うん、これも無自覚なんだろうなあ。

リンデさん、僕に対して交際の対象として見たことがあるって宣言したんだけど……。まあ、気付いてないだろうし、気付いた時点でちょっと大変な反応しちゃいそうだから黙っていよう。僕だけ照れているのはなんだか負けた気がするけど。

まあ、僕もリンデさんのこと、本当に角ぐらいしか差を感じないからね。ひたすら強くて、どうしようもなく不器用なぐらい。

「姉貴、何やってるかなー」

「まっすぐ向かっても結構距離ありますからね」

「多分城に寄ってから、になるかな、食料の買い込みもするだろうし。もしかしたら魔人族の話もするかもしれないですね」

「魔人族の話、ですか？」

そういえば、僕はリンデさんから魔人王国の話を随分聞かせてもらったけど、僕からリンデさんに人間の教会……『ハイリアルマ教』のことを話していなかった。

「リンデさん、僕と最初の日にいろいろ話したことを覚えていると思います」

「はい」

「その時に何度か出た教会……というのが、『ハイリアルマ教』という王国の中心となっている宗教です。そこでは魔族は倒すようにとか、魔王を倒せば世界が救われるとか、勇者が魔王を倒すとか、そういうことを教えています」

「なるほど……」

「僕も、そうですね……三歳か、もっと幼い頃からでしょうか。ずっとその教会から教育を受けていて、その教えを守れば悪いことは起こらない、最後は女神ハイリアルマ様に救われると教えられてきました」

リンデさんは、僕の話を聞いて……腕を組んで、眉間に指を当てながら難しそうに考えて、再び腕を組んで……首を傾げながら、僕を見てきた。

「ライさんに聞きたいんですが」

「はい」

「えっと、その、今更なんですが、三歳から教会の教えを守れば女神に救われると言われ続けてきて、よく私の言うことを信じる気になりましたね？」

リンデさんは、どうも僕があっさり教えを投げ捨てたことが、どうにも理解できないという様子だった。確かに責任感の強そうで真面目なリンデさんなら、そういう感想になるのも仕方ないと思う。でも、僕にとってそれは……。

「……当然のことですよ」

「当然？　当然なんですか？」

「はい。だって――――僕を助けたのは女神じゃなくて魔族だったんですから」

「あ……」

リンデさんも、僕の言いたいことが伝わったようだ。

「女神様は教えを守っていても助けに来てくれるとは限らない。父さんも母さんも教えを守っていなかったなんてこと絶対なかったはずなのに、結局女神様は助けには来てくれなかった。それは当然のことなんです、信じてさえいれば救われるだなんて非論理的ですから」

非論理的。リンデさんと会話をしなければ思わなかったことだった。

ハイリアルマ教の内容をなんとなく常識として覚えていたけれど、今となってはその教義と目の前のリンデさんの論理のどちらを信じるのかだなんて、とてもではないけど比較の対象にすらならない。

もちろん、目の前のリンデさん……魔人族がどういう存在だったか、自分の目で見たものを信じるのみだ。

「女神だからとか、魔族だからとか、そういうんじゃなくて。今まで信じてきたものって、言われてみたらなんていい加減なんだろう、何も考えずになんでそんなものを信じていたんだろうって、ちょっと目が覚めたというか、そんな感じです」

僕は、肩をすくめた。

「だから、何も考えずにただひたすらいつか救われると盲信するのはおしまいにしました。教会の教義よりは魔王様の政治を……女神ハイリアルマよりも、リンデさんを信用してみようかなと」

「……そうだったんですね」

「はい、そういうことです」

リンデさんは、僕の話を聞いて微笑みながら、ぽりぽりと恥ずかしそうに頬を掻いた。

……うん、自分で言っておいてなんだけど、勢いに任せて結構恥ずかしいことを言った気がするぞ。本心だから撤回しないけど。

「ただ、王都ではまだまだ根強いと思います」

「根強い……ですか」

あまり話したくはないけれど……避けては通れない問題だ。先日の城下街での出来事を思い出しているのだろう。リンデさんは顔を伏せって悲しそうな顔をした。

「僕たち人間は魔族がどういうものか、それすらまだ見ていないという人が殆どです。そもそも魔族と魔物の差もわからないというか、教えられてないですから」

初日の僕の反応を思い出したのか、リンデさんは再び腕を組んでうんうん唸りだした。

「そうなんですよね、そのレベルなんですよね……な、なんとかならないですかね～……」

「うーん……ちょっと難しいと思います、今まで信じてきたものを変えるには、それなりの衝撃的な出会いが必要ですから」

「それなりに衝撃的っていうと、私とライさんの出会いはそんなに衝撃的でしたか？」

リンデさんがオーガキングの首を切り飛ばして、剣を持っていたあの瞬間だ。

「正直最初は次僕の首を切るんじゃないかと思いましたから」

「じゃあ私が矢をお返ししただけで、驚いたわけですか……」

「そうです」

リンデさんは頭を抱えて、「そんなにかー……」とつぶやいた。

……いや、襲ってこなかったことが衝撃的って意味であって、ぶっちゃけ矢の攻撃を全部指で摘んで防いだことと、僕に魔矢でいきなり攻撃されたのに怒ってすらいないこと含めて『お返ししただけ』なんて言われても困るけど……。

改めて思うけれど、リンデさんと一緒に暮らしてどういう性格の子か知ったから余計に、初対面の言葉を交わせる相手を見て『殺される』と連想するというのはあまりに突飛だ。

あまりに突飛だけど、ハイリアルマ教では、それが普通のことなのだ。

「でも、あまり心配しなくてもいいと思いますよ。ここの村のみんな、あっさり馴染んじゃいましたし……というか、あっさり馴染みすぎな気がしますし……」

「城下街行った後だから余計に思うんですけど、すごいですよね村のみなさん……なんだか私のこと、そんなに珍しがっていなかったような……」

「……まさか、な……」

なんだか、予め知られていたのかとさえ思える反応だった気がする。最初のリリーはそうではないとは思うけど。あいつはリンデさんの目を見て、村に入れる判断を下した。思えば、すごい判断をしてくれたなと思う。その後は……正直わからない。

でも、そういう寛容なところが今は何より有難かった。

「とにかく、ある程度認識が安全になるまでは、この村を中心に活動してください。できれば帽子を被って、村の外で人間に出会っても会話せずに帰ってくるように」

「わかりました。私が出ることで村に迷惑がかかる可能性があるのなら、なるべく城の方面の人とはまだ接触は控えるようにします」

「よろしくお願いします」

僕とリンデさんは、そういった村での活動方針を一通り話すと、再びお互いの担当である、パトロールと夕食の準備に別れた。

……人間と魔族の境界線、かあ。ちょっと前までは全く話の通じない存在かと思っていたけど、どう考えても魔人族と僕ら人間の間には、明確な差を感じるものは何もなかった。

逆に、デーモンは……全く価値観が違う。他国侵略による土地の拡大を国是としているのなら、間違いなくそれは敵対しなければ滅ぼされてしまうだろう。

味覚一つの違いから見ても、美術や音楽など、全ての価値観がこちらの人間と違うとするならば、その全てにおいて交流や共存が成り立たない。

更に好みが人間の血肉となると、滅ぼすか、滅ぼされるかしか選択肢がなくなる。

恐らく、教会の教えに出てくる魔族というものは元々こっちだったはずだ。

……だとすると、魔人族は、後から現れてきた種族なんだろうか。まだわからない話が多い。ただ僕が聞いた範囲でも確実に分かるのは、現状魔人の女王陛下が非常に人間に対して友好的だということと、部下に慕われるぐらい性格のいい上司だということ。

そして――魔王と、フェンリルライダーと、ヨルムンガンドライダーと、リンデさんより強い存在がいる『時空塔騎士団』を相手に、人類が勝てる可能性が万に一つもないということだ。

やっぱり僕も、一度魔人の女王陛下に一度会って話を聞いてみたいな。本来なら王同士の会話をするならビスマルク王国の王が行くべきなんだろうけど……まず魔族に対しての理解を求めること自体が難しい。教会の教えの力というか、認識は非常に強い。ついでに言うと、ビスマルク王は滅茶苦茶頭が固い上に不遜というタイプの貴族だ。人の意見を受け入れるということが出来ない。

まだまだ先、だろうな。


さて、晩もソーセージだ。昼のシンプルな食べ方も好きだけど、晩はこれを細く切ってサラダの味付けとして食べる。

ポテトを細かく切って、他にもいくつか緑の野菜とブロッコリーと、玉ねぎと、後は肉厚なパプリカにでもしようか。スプーンで食べやすいように、大きな葉物などは入らないようにして、薄くスライスしたソーセージと混ぜ込んでいく。

……少しビネガーを使ったソースを作ろう。バターや砂糖などと混ぜた、甘くて酸味があるもの。あとは付け合わせにオリーブと……。

…………。……よし、完成した。今回はパンはいいかな、代わりにエールが欲しくなる見た目だけど……まだリンデさんにお酒を入れても大丈夫なのかわからないので保留で。

でも、いずれ飲ませることが出来るのなら飲ませてみたいな。

「ただいまーっ！　本日異常なしでうっわおいしそうなにおいがしますっ！」

リンデさんが早速帰ってきて、そのにおいに気付いた。

「これは、お昼のソーセージが小さくなってます！」

「はい、あの肉の味をサラダと一緒に食べられるように作りました。またビネガーソースが入っているので、また昼とは違った酸味のある味になってると思います」

「わあわあ！　早く食べたいです！」

「はい、それじゃあ用意するので待っていてくださいね」

「はーい！」

リンデさんは昼と同様、椅子に座って体を右に左に揺らして待っていた。……見れば見るほど、どうしてこの魔人族と人間との関係が分かれてしまっているのか、不思議だ。僕じゃなくても十分交流できるような明るい女の子。

「…………。……？　あ、あの、なんでしょうか……？」

「あっいえ。……リンデさんを見ていて、人間と魔人族って普通に交流できるよなあって思ってずっと考えていて」

「私ですか？　えへへ……私もライさんは魔人王国の誰とでも仲良くなれると思いますよ！……うーん、人間の宗教観ってわからないので、人間全体はちょっと私からは何ともいえませんけど……」

「ですよねー……」

まあ、いっか。今はリンデさんと僕、そして村のみんなが交流を持っている。それだけで十分だ。

「じゃ、完成したポテトソーセージのサラダを配るよ」

「わーい！」

それでは、昼に続いてソーセージ料理だ。

皿に盛った一種類のシンプルな混ぜもの料理。だけど、一品でも十分に満足できるように味も量も、あと栄養も考えた。魔人族の人達が栄養失調で体調不良になる可能性は全く考えられないけど……。

「いただきます」

「いただきまーす！」

まず一口。うん、ソーセージの味が十分においしいので、それと食べ合わせた地味な味の芋と口の中で調和されてちょうどよくなる。ビネガーソースのかかった芋のみも食べる。……うん、さっぱりとしていていい味を出している。他の野菜にも合う。

……ああ、ほんと、昼もそうだったけど、やっぱりこのメニューだったらエールが欲しいよなあ……。後でリリーの店にソーセージ渡して、交換でいくらか貰おうかな？

「こ、これ！　この黒いソースさんすごいです！　昼間の黄色いソースみたいなものかと思ったら、すっごいおいしい！　さっぱりしてるのに甘い！　ふしぎ！　すっごい！」

「そうですか、良かった。今日のソースです」

「新しい種類さん！　いったいライさんはどれほどの種類のソースさんを……？」

「たくさん作れますし、新しく考えて作ったりもしますよ」

リンデさんが、楽しそうな会話の姿のままぴたっと止まる。その顔のまま、下を向き、斜め上を向き……。小さく「え？」と呟いて再び僕を見た。

「新しく、考えて、作る……ですか？」

「そうですよ？　だって、人間の料理って基本的にどれも人間が新しく作り出したものですから」

「そ、それってライさんもしているようなものだったんですか……！」

「はい。料理はもちろんのことなのですが、渡した指輪のデザインとか、そういうのも全部新しく考えたものですよ。他の人が真似できない形だと、人気が出ればいい収入になりますし」

「…………」

リンデさんは、自分の指輪を見る。目の前の料理をじっと見て、そして僕を見る。

「ひょっとして、いやひょっとしなくても、ライさんって相当すごい人なのでは……？」

「まさか……どちらかというと普通な方だと思いますよ。彫刻・彫金は僕以外もできますし、そこまで珍しくないと思いますけど……」

「いや、普通じゃないです。私、人間には詳しくないですけど、ライさんって相当特殊な部類だと思います。かなりすごい特殊技能者です」

「そ、そうかな……？」

「そうです。私の求めていた全てを持っている、まさに最高の人間だと思います」

なんだかそこまで真剣に言われると照れてしまって頭を掻いてしまう。自分ではよくわからない……けど、リンデさんがそう言うなら、そう信じてみてもいい、かな？

ああもう顔が熱い、料理もそうだけどこんなに褒められることって今までなかったからなあ……。

「陛下にもライさんのことをお伝えしたい……」

「あ、僕も魔王陛下に会ってみたいなって思っています」

「まさか村の人間全員との友好関係が、こんなにすんなり行くなんて陛下も想定してなかったはずです。んん～……交代要員として二人以上村に呼べばよかったなあ……」

「村に待機要員の魔人族の方を残して、僕とリンデさんの二人で向かう……ということですか」

「そうですそうです。というか、ミアさんに他のリッターの子か誰か、村まで来てもらうようお願いすればよかったですね」

確かにそのとおりだ。村に強い魔物が襲ってきている現状で、リンデさんを留守にするわけにはいかない。誰かリンデさん並とまではいかなくとも、オーガロードを簡単に倒してしまえるレベルの魔人族が来てくれないことには……っていうか、リンデさん。

「なんで今気付いたんです？」

「……あっ……ほんとだあ……。自分で言っててなんでこんなことに気付かなかったんだろうって後悔しました……」

リンデさんはがっくり肩を落とした。

「まあ、姉貴のことだから多分誰か連れて帰ってきてくれるんじゃないかなーと思うし、男が捕まらなくても僕のソーセージに興味を持ってくれた誰かが来る可能性もあります」

「……そうですね、確かに誰か陛下の近くの誰かが来てくれたら、十分に交代要員になります」

言っておいてなんだけどそのことに気付かなかった僕も悪いし、リンデさんは気付かなかった分、姉貴が誰か連れてくることに期待していた。

姉貴、今頃どこにいるだろうな……？

SIDE STORIES

サイドストーリーズ

魔人王国『時空塔騎士団　第二刻』ジークリンデ　世界一の幸せを噛みしめて

さて皆さん、幸せの定義って何だと思いますか？

それは例えば、おいしいものを食べたり、食べたり、綺麗な服を着たり、きらきらした装飾品を身につけたり、食べたり、魅力的な絵画や彫刻を見たり、素敵な音楽を聴いたり、食べたり、食べたり、面白い小説を食べたり……あれ？

えーっと、つまり、幸せというのはどういうことかというとっ！

「今の私みたいなことでーっす！　イエーーーイ！」

私はパトロール中の誰もいない森の中で、元気よく青空に向かって叫んだ。


私の名前はジークリンデ。魔人王国出身の、どこにでもいる普通の魔人族女子でーす！　と思ったけど今はどこにでもいる普通の女の子じゃなかったのだ。

陛下の作った『時空塔騎士団』という超かっこよさそうなチーム。陛下使命での予選メンバー選抜選手として選ばれ、私は自慢の剣を片手に勝ち抜き戦をした。おいしい猪軍団をばっさばっさ斬ることに自信のあった私は、お陰様で二位という結果となり、無事に『第二刻』という素敵なポジションを得ることができた。

普通の女子じゃないんです、すごいんです、えへん。……なんていう自分のプロフィール歴も、先日我が身に起こった出来事に比べたらそらもー比較にもなりませんよ。

――――今、人間さんと同棲している。

だ、大事件！　大事件ですよ！　生まれてから今までの全てのプロフィール履歴をぜーんぶ小文字にしなければならないほどのとんでもない出来事ですっ！

人間さんの名前はライムントさん。リリーさんというとっても可愛らしくて綺麗な方が「ライ」って気さくに呼んでいるものだから、羨ましくなって私もライさんとお呼びする権利をいただきました！　大勝利、やったね！

そして私をリンデさんと呼ぶあの声。人間の男性とあだ名で呼び合う、あのなんとも心地の良いむず痒いといったらたまりません。

ライさんは、魔人王国では絶対お目にかかることのできない、料理が出来るタイプの男の人です。魔人王国ではそもそも調理をするという人自体が少ない上に、出来る女の人でも軽く洗ったり海水をかけたりして調理をするだけです。図書館にあった人間の小説も、基本的に料理は女の仕事です。だというのに、ライさんの料理技術は……ハッキリ言って今までの『私の想像するちょーすごいりょうりにん！』というしょぼい想像を遥かに超える、まさに想像できないほどの世界でした。おいしいという単語しか使えない自分が、なんと語彙力のない存在なのだろうと思ってしまうほど、出してくる料理の味のレベルが高いです。高すぎます。

まず私、塩加減を習得できなかったという苦い記憶があるので、塩の適量が使いこなせる人間はすごいなーとかエファちゃんと言い合ってました。が、塩を使いこなしていたとか最早そんな低次元の感想じゃ終わりませんでした。使っている食材の切り方や組み合わせ方、更にハーブやスパイスといった不思議な味のする植物の種類があまりにも多いのに、それらを全て記憶して適切に使うという異次元すぎる料理の作り方をします。

そしてなんといっても……あれだけの複雑な手順の料理を次々出しておきながら、その全ての料理が完璧すぎるぐらいおいしい。人間はすごい、人間の国に来てよかったと、あのスープの一口で思いました。私の人生は、あの瞬間のためにあったと。

……ところが人間さんは、誰でも料理が作れるわけではありませんでした。しかも女性が料理を作るというのも魔人王国と一緒のようで、村を見てもあまり料理をする男性は見つかりませんでした。

村の冒険者さんが山で採集任務をしている時に、ライさんのことを話しました。

「リンデちゃん、ライムントのやつとの生活はどんなもんだ？」

「毎日おいしくてとっても最高ですっ！」

「おうおう、あいつはそーゆーの得意だからな」

ライさんの料理が上手いというのは、やはり村ではある程度知られている話のようです。ということは、他の男性は……。

「……あの、質問いいですか？」

「おう、なんだい？」

「ライさん以外の男の人って、どれぐらい料理が上手いんですか？」

私の質問に対して、その男性は笑いながら答えてくれました。

「はは、そもそも俺らはあんま料理作らないよ」

「……え、作らないんですか」

とても自然に、それが当然のことであると私でも分かるように言いました。確かに図書館の小説では、人間の男性も料理をする描写って稀でしたけど……。

「まあ……血抜きして、焼いて、塩胡椒ぐらいじゃねーか？　普通は店でパン買って肉食って、そんなもんだ。みんな奥さんいるしよ、第一毎日食べたらなくなるものなんて、そこまでこだわったりしないだろ？」

男性の言ったことは、まさにそのとおりなんです。魔人王国だって、その日三回食べたら目の前からなくなる料理に対して、毎回時間をかけるようなことはしませんし、時間をかけようと考えること自体ないです。

……じゃあやっぱり、ライさんは……。

「ライムントは別だよ、村だと料理が上手い野郎っていったらあいつとリリーの親父さんぐらいだな。まありリーの親父さんは店やってるから当然なんだけど」

女性は、料理をする。お店のシェフも、当然料理をする。

それ以外の料理をする男性は、ライムントさんだけ。しかも、ぶっちぎりで上手い。

「……ちなみに宝飾品を作るというのは？」

「ありゃあ誰も真似できねーよ、城下街で一日中それしかやってないような人しか宝飾品は作らない。俺だってライムントが指輪を作ったときは驚いたもんだ、器用だよなあいつ」

「そ、そうですよね！　えっと、お話ありがとうございました」

「おう、どういたしまして」

私は男性と別れて、魔物の多い南の森パトロールを続行しました。でも、目の前の魔物を片手間になぎ払いつつも、私の頭の中はすっかりライさんでいっぱいになっていました。


たまたま、山の中で見つけて助けたライさん。

魔族の……陛下が『人間は滅ぼしたがっている』とまで断言した魔族の私を、あっさり信じてくれたライさん。

教会の教えという、陛下が言っていた人間にとって当たり前の話を語り、私が理不尽に怒ったことに対して頭を下げたライさん。

そして……城下街での魔族に対するあまりにも敵対的な空気の中、勝手に一人で逃げ帰った私を怒らず、私のために本気で怒ってくれたライさん。

赤い髪の、凛々しくも優しさの感じられるあの顔を思い浮かべます。

驚いた表情、嬉しそうな表情、真剣な表情。

一番思い浮かべるのは……料理を私が食べたときの、まるでお父さんが子供を見守る時のような、とてもとても優しい目と嬉しそうな口元。

私が料理を作る負担をかけているのに、私はあくまで施してもらっているだけなのに。なんでそんなに嬉しそうなんですか。

ライさんが嬉しそうな表情をすると、私も嬉しいです。

ライさんが真剣な表情をすると、私も今までのどんな時よりも緊張します。

ライさんが悲しそうな顔を……泣いた顔は、まだ見たことがありません。

もしもライさんが泣いた顔、を、した、ら…………だめです、多分私も泣いてしまいます、あっダメ、もう想像しただけでちょっと涙出そう。

平常心、平常心。ふー。……よし。

そこまで色々なライさんのことを思い出して、結局のところ私はライさんの嬉しそうな表情を一番見ているんだなあと……つまり、それってライさんは私の姿を見て微笑んでいることが多いんだなあという結論に至りまして……。

…………。……ふへ……。

今もずっと足はパトロールに動いているんですけどね。頬は勝手に緩んでしまってます。だって我慢できないもんこんなの。ふへへぇ……。

……そういえばここ南の森は、魔物が強くて人間はあまり入ってこないと言っていました。出会う数は少ないんですけど、確かにゴブリンとかそういった魔物は一切いなくて、結構強めの魔物が出てきますね。

私は頭の中から離れないライさんの笑顔を想像して、周りに誰もいないと確信して、青空に向かって叫んだ。

「私、ぜったいぜったい、世界一、幸せでーーーーーーすっ！」

幸せというのはどういうことかというとっ！

「今の私みたいなことでーっす！　イエーーーイ！」

聞いているのは青空と木々だけ！

じゃあ、言っちゃっていいよね！

「ライさんはーーーっ！　ちょっと素敵すぎると思いまーーーすっ！　きゃーっ言っちゃった、言っちゃった言っちゃったぁっ！」

自分で言っておいてはずかしい〜っ！　私は森の地面に倒れると、顔を手で覆ってごろんごろんと山の中で転がった。帽子が落ちて、角の生えた頭を晒したままデレデレと人に見せられない表情をしちゃう。

しばらくそうやって一人で勝手に悶えているうちに、はしゃいじゃってテンションアップしていた心も落ち着いて……それでも私の頭の中に浮かぶのは、あの優しい微笑み。あの声。

――晩もおいしい料理を作って待っていますね。いってらっしゃい、リンデさん。

「……幸せ、だなあ……」

万感の思いを込めて、小さく呟いた。

南の森を一通り回ったので、次は東をぐるっと探索してから北――城下街方面――へと向かいます。

東の森に入ると魔物は一気に弱くなり、ゴブリンの集団を軽く一閃して周囲の警戒をします。少し歩くと……人間の男性が目の前に現れました。

……ッ！　この人、村の人じゃない！　私は剣を持っていない手で帽子を押さえて、外れないように深く被り直します。茶髪で癖毛、背は私より少し高い剣士らしき人。見た感じ悪い人じゃなさそうだけど……。

その人は、柔和な微笑みを携えてやってきた。

「おや、お嬢さんも剣士ですか。冒険者ギルドでは見ない顔ですね」

「は、はい。近くの村に滞在しているんです」

「それはそれは……でしたら是非城下街に来て下さい、住みにくい村よりも素敵なところですよ」

村より素敵なわけがない……と思わず言い返しそうになり喉から出かかった言葉を、寸前で押し留める。あの村には、私を受け入れてくれたみんながいる。何よりライさんが料理を作ってくれるあの家があるから、村より住み心地の良い場所なんてこの世界のどこにもあるわけがない。

「城下街には一度寄りました。でも私にはあまり合いませんでした」

「おや、そうですか。綺麗なお嬢さんですから、もっと領主近くに住んでいる方なのかなと思いましたが」

えっ、綺麗なお嬢さんですか。いやー私客観的に見て綺麗なんですかねー自分じゃわかんないんですよねー、まあ綺麗と言われて悪い気はしな――――。

「その帽子のバッヂは……もしかして勇者の仲間ですか？　確かに魔王討伐のパーティにいそうな

魅力はありますね」

――――ドクン。

心臓が大きく鳴った。無意識に握りしめた剣の柄がミシリと音を立てる。平常心、平常心……彼は悪くない、これは、彼にとって褒め言葉のつもりなんだ。

でも……これ以上ここにいたら、まずい。自分を抑えられる自信がない。

「あのー、私そろそろ行ってもいいですか？」

「……あれ？　おかしいな……ねえキミ、これから俺と城下街に遊びに行かない？」

男の人の手が私の体に触れかけて――――思わず私は、男の手をはたいてしまった。

……あああ～っ……！　やらかした！　人間に手を出すようなことは絶対してはいけないと厳命されてたのに、こんな優しそうな男性に攻撃に近い行動を取るなんて……でも、手が勝手に出てしまった。我慢、できなかった。……とてもではないけど、今のは我慢、できませんでした。

「すみません咄嗟のことで……」

「ガード硬いな……うん、僕も強引だったね。気にしないで」

よ、よかった……気にしてないみたいです。でも結構グイグイきますねー、村ではあまりいないタイプかもしれません。私に興味を持ってもらえることそのものは、そんなに悪い気はしないですけどね。

「その、同居人との約束がありますから」

「約束？　もしかして……一緒に住んでいるのは、男？」

「えっと、はい。男の人ですけど――――」

――その一言を放った一瞬で。

男が、汚物を見るような表情に変わった。

「チッ、なんだよオスのツバついてんじゃねェかよクソつまんねぇ」

「――――え？」

「シッシッ、どうせその胸にサカった男とやることヤってんだろ、揉んでもらって大きくなりましたってか？」

「え、あ」

「次から中古だって看板ぶら下げて外出ろよな、迷惑なんだよ」

あまりの変化に唖然として、私が何も返事できないまま、男の人は一方的に言葉で殴りつけてきて去っていきました。

一体何が起こったのか……いえ、さすがに私だってそんなこともわからないほど子供ではありません。私がどういう目的で声をかけられたか、そしてどうしていきなりあんなに態度を変えたか。

……最初から、私のことなんて何一つ興味はなかった。そして……ライさんのことを、体目的で私と一緒に住んでいる奴だと言われた。

特に後半は、頭が沸騰してるって明確に分かるぐらい血が上った。陛下の命令を無視してあいつを斬りそうだった……目の前から居なくなっていたことが今はありがたい。いたら今度こそ自分を抑えられていたかわからない。

少し頭が冷えてきて、そして自分という存在が今どれほどぞんざいに扱われたのか。いいように弄ばれて勝手にいい人だなんて思い込んで、結局ライさんへの暴言に何も言い返せなかった今の自分がどれほど惨めかをようやく理解して……その場で力が抜けて膝をついた。

「……は……あはは……私、世間知らず……かっこわるい、なあ……」

城下街で嫌な想いをしたことははっきり覚えているのに。村人のみなさんが本当にいい人達ばかりで、でもそういう人ばかりじゃないってライさんは忠告してくれていたのに……。

ライさん。

思い浮かぶのは、やっぱりあの顔。私が料理をおいしそうに食べる姿を見て、それだけでまさかの私に感謝をしてくれた優しい人。両親の死を……姉の悲しみを軽減するため自らに負担を強いた、あまりにも優しすぎる人。

そして……彫刻で失敗して、勝手に泣きじゃくる私の顔を見て、本気で心配して代わりに指輪を……全ての魔人族の女性が、陛下の指を見て恋に恋する顔で恋い焦がれた指輪を。ライさんにとっては損失でしかない指輪の破壊をした私に、見返りなく指輪を嵌めてくれた人。

見返りなく、です。思えばライさんから無理矢理私の体に触れるようなことは、ありませんでした。でも……私と同じような反応をすることが多くて、少し勘違いしてもいいかなと思えるぐらいには、ライさんからの好意を感じないことがないわけではありません。

だからライさんは、何の下心もなく私の喜怒哀楽に寄り添ってくれる人なんです。

その象徴である、指輪に触れてしまいました。

「……ライさん……」

思わず声が出た。声に出したら……もう止まりませんでした。

「ライさん、ライさん……！」

会いたい。ライさんに会いたい。帰る予定までまだまだ時間があるけど会いたい。残りのことは何も考えずに今すぐ会いたい。会わないと私の心が、ぼろぼろと林檎パイの生地のように薄く崩れてしまいそうで……！

私はもう何も考えられなくなり、一直線に村に帰りました。


「あれ、早いですね。すぐに済んだのかな？　お疲れ様です、おかえりなさい」

ドアを開けると、いつもどおりのライさん。ふわりとした優しい表情、私をねぎらってくれる言葉と、私の帰りを迎えてくれる言葉と。

「……どうしました？　何か、嫌なことがありましたか……⁉」

当然のように、私を心配する言葉。

――ああ、かなわないなあ。

ライさんには、何も説明しなくても、私が嫌な想いをしたということを一瞬で察してしまったようです。私はこの暖かさを求めて走って来ました。もう、涙が出そうなぐらい嬉しかった……。

「ライさぁん……ぐすっ」

あ、ごめんなさい訂正。とっくに泣いてたんですね私！　そりゃ嫌なことがあったって察しちゃいますよね！　うう、昔からこの子供みたいな涙もろさはなおりません。

ライさんは、私の近くに来ると少し身を屈めて、心配そうに覗き込んできます。近いです待って近い近い近いです近いっ！　思わず身を引いてしまってライさんが悲しそうな顔をしたけれど、すみませんこれは泣き顔が見られたくないわけじゃなくて、単純にライさんの至近距離に恥ずかしくて耐えられないからです。

いけない、深呼吸……。……っふぅ～……。……。……よし。

「……すみません取り乱してしまって」

「もう、大丈夫なんですか？」

「はい！　急にライさんを見たくて見たくてたまらなくなったから、めっちゃ走って帰ってきました！　ライさんを見ることができたのでとりあえず元気は充填完了です、ありがとうございます！」

「え、っと、その、それはどういたしまして」

ライさんはなんだかどもりながら顔を真っ赤にして、頬を指でぽりぽりと掻きながら視線を逸らしました。……んん、あれ？

……。あっ、私いま、とんでもなーくストレートに恥ずかしいこといっちゃってたのでは……。

嘘はついてないけど。いやむしろ、嘘を全くついていないだけに、自分がどれだけライさんのことばっかり考えてるか実感しちゃったけど……。

あ、あはは、私も顔真っ赤だ絶対……髪の毛が痒い、指でぽりぽり。これライさんと同じことやってるね？　と思った瞬間にライさんと目が合って、ライさんの視線が一瞬私の上に行って、その視線が戻ってくると、ライさんは恥ずかしそうにはにかんだ。

――ああ……やっぱり、幸せだなあ……。

私の涙の海に沈んでいた心は、もうとっくに浮かれて乾き、むしろ茹だっていました。あははっチョーシいいんだからもー。

「えっとですね、今日何があったかというと――」

そして私は、今さっきあった出来事を話しました。


一通りの話を終えて……ライさんは、珍しく眉間に皺を寄せていました。

「リンデさんが、ついていかなくてよかったです。もしもついていってたら、僕は……」

「だ、大丈夫ですよ！　私だってなんだか強引な人だなって思いましたし、それに説明したとおり、同居しているライさんがいるって言っただけで離れていったのでむしろライさんのおかげで無事に済みましたっ！」

「そう、ですか……それならよかったです」

言葉では納得しているようでしたけど、ライさんの表情は全く晴れません。さすがに私も不安になってきてライさんの反応を待っています……。ライさんは意を決したように顔を上げると、少し頬を赤くしながらも真剣な表情をしていました。

「これから僕は、とても自分勝手なことを言います。だから断りたかったら断ってください」

「は、はい」

なんでしょうか、今までのライさんの中でもかなり珍しいお願い事です。聞かないわけにはいきません。

「……その、ぼ、僕以外の男性と、特に信用できるかどうか分からない人と、あまり二人きりで店の中に入ったりしないでください。リンデさんが悪い男に引っかかりそうで不安で、あぁいやこれ僕も悪い男っちゃ悪い男か……？」

最後の方は尻すぼみしていましたが、それでも何を言われたかはわかります。

まず、ライさんは私を心配してくれて他の男性と二人っきりにならないようにと言ってくれています。もちろん私が世間知らずだったのが悪いですし、同時に反撃できない事情も知っています。

……そ、そしてもう一つの理由なんですが……私の勘違いじゃなければ、恋愛小説大好きの私にはひとつの可能性が思い浮かびます。

――――ライさんは、私が他の男性と食事をすることに嫉妬している。

ああ～～～っ！　も～っ！　どうしよう、一度気付いたら顔が熱くなる現象を抑えられない。ライさんは私に対して独占欲がちょっぴりあるぐらいには私と一緒の時間を好んでいます！　っていうか、私が気付いたことに気付いていると思います、だってライさんめっちゃ勘いいもの！

私は自分の変化を悟られないように、ライさんに畳みかけます！　っていうか言うなら今しかない！

「じゃ、じゃあ私も言いますっ！」

「は、はい！」

「ライさんは私以外の女性と二人っきりで食事とかしないでください！　できれば、食事は、全部私と一緒にしてくださいっ！」

「はいっ！……って、あの、リンデさん」

「ふええっ！」

い、勢いで言っちゃって、変な返事になっちゃった！

「できればっていうか、僕は毎食リンデさんと一緒に食べてますよ？」

「そ、そうですっ！　でもでも、ライさんが他の人と食事したいとか思っちゃう時もあると思うんです！」

ライさんは私の発言を受けて、腕を組んで黙ってしまいました。……う、うう、怖い……駄目、でしょうか……。

「んー、ないと思うんですよね」

「へ？」

そしてライさんは、最後に私にトドメを刺した。

「だって今の僕は、自分の作った料理は三時の間食含めて、一食残らずリンデさんの反応が見たくて作っているんですから」

「――――――」

あまりにも。

あまりにも私の望んでいた内容を、それが当然であるかのように。何の気負いもなくさらりと言われてしまいました。私はすっかり、頭がまっしろになってしまいます。

……ふ、復旧しなくちゃ！

「そ、その、えっと、わかりました、毎食ライさんと食べます。いつもライさんと一緒にいます」

「よかった……。すみません、僕の我が侭に付き合わせてしまって」

いえ完全に私が我が侭だと思いますし私が施してもらってるだけですし私が一方的にいい思いしちゃってるだけだと思いますっ！

そんな私の舞い上がりきっちゃってる内面を余所に、ライさんは立ち上がるとキッチンへと歩きました。そちらを見ると、鍋にはずっと火がついていたみたいです。私と喋ってる間も、ライさんは計画的に料理をしていました。

「スープが出来ました、今日も一緒に食べましょう」

首を小さく傾けて、ニコリと笑う赤い髪の美男子。鍋の蓋を開けると、湯気がぶわっと立ち上り沸騰した音が聞こえてきます。それらに続いてやってきたのは……今日一日、走って叫んで泣いて喋って。そして疲れた私の空腹の急所を知り尽くした最高の匂い。ライさんはその出来たてのスープを、少し味見します。

「んー、七十五点かな」

自分に厳しいコメントとともに、おたまを鍋の中に入れて綺麗な食器にきらきらと宝石のように輝く液体を注いでいます。今日も絶対、私にとっては百点満点の極上スープ。

エプロン姿の男性の後ろ姿を、私は椅子に座って眺めながら。

「――――幸せだなあ」

今度は、はっきりと声に出しました。

ミア　嫌な思い出第一位その名も『腕折り事件』

腕折り事件。それはあたしが勇者になってからの五年間で最も苦い経験だ。

思い出すだけで眉間に皺が寄る。かわいいミアちゃんの顔がサタンになっちゃう、そういう嫌な思い出なのだ。

ライと過ごしていたあたしが突然勇者になった話は、すぐにビスマルク王国中に知れ渡った。

十五歳の時に現れた、背中の勇者の紋章。

剣を振るった。オーガの太い腕が、まるで小さな野菜でも斬っているかのように簡単に切り落とせる異様な腕力。

ライに任せっきりでそこまで鍛えていなかった遠距離魔法は、ちょっと使うだけでゴブリンの頭を蜂の巣にし、ライの十年近くの鍛錬をわずか一日で踏みにじった。

最後にライはこう言った。

「……もう僕の出番はないな……」

その言葉を否定しようとして、どんな言葉も慰めにもならないなと思ったし、あたし自身も両親のことがあってライとの距離を測りかねていた。

……少しはね、申し訳ない気持ちもあったわ。努力してきた彼の十年を、あたしの背中のよくわかんない絵ひとつで無にしてしまう。一緒に努力して同じように成長してきたあたしだから、わかる。

全ては終わった話なのだ。

――姉ちゃんを守ってやる！

もう覚えてないわよね……そんな昔のこと。


あたしは勇者の誕生を祝うという名目、つってもまあ「王国が勇者を抱えてるんだぞアピール」のために呼ばれたんだと分かっていつつも、さすがにビスマルク王国の領地扱いの勇者の村が断れるわけなく、あたしは祝賀会で飯と酒を漁りに出向いた。

珍しくドレスで着飾ったあたしは、馬車に揺られながら初めての王城に入った。なかなか悪くないお姫様気分だ。

今日が社交界っていうの？　そういう貴族の集まりでの勇者ミアちゃんデビューになるのね。正面に出てきたでっかい扉を開けると、それまで談笑していた貴族達がこちらに視線を向ける。

「よく来た！　この偉大なるビスマルク十二世の誉れ高き領地、『勇者の村』にて今代の勇者となった果報者、勇者ミアよ！」

国王陛下は、自信満々にあたし……ではなくビスマルク王国、というより自分の凄さと喋るばかりで、なんつーかメッチャつまんねー演説だった。国王に近い貴族は拍手しつつも、内心その勇者ほったらかしぶりに呆れているのか、ちらちら跪《ひざまず》いて話を聞いているあたしに同情の視線を寄せてくれているのが感じられた。

ま、あんたたちもあんたたちで大変よね。剣や魔物じゃないものに社会的に殺されるって感覚は分からないからさ、まああたしもあたしで同情しといたげる。


……現状、この国は戦争らしい戦争はしていない。東にはレノヴァ公国っていう友好国があるし、西にいる辺境伯は海からの魔物をこちらに入れないよう押しとどめてくれていると聞いた。昔小国のくせに土地がほしいからって小国同士で戦争したら、弱ったところで両国が滅んだって教訓がある。魔物が強いってのに、人間同士で争ってる暇なんてないわよね。

後は、ビスマルク王国で広く信仰されている『ハイリアルマ教』には、魔族っていう角生えたヤツは悪人だから敵だぞーって話とか、勇者は魔王を滅ぼすのだーって話もあるけど、その魔族そのものをまだ見たことない。ほんとにいるのか怪しい話よね。

ここでの話は、王国所属の勇者としてあたしが国王陛下に忠誠を誓う……まーよーするに依頼主の国王を中心とした王国っていう冒険者ギルドに、強い冒険者の勇者ミアがいるぞーって自慢してるみたいな感じかしらね。

どうやら住み込みは決定みたいだ。……ライとは離れちゃうわね。

……っと、考え事をしていると、いつの間にか話が終わっていた。前村長の朝礼とか、寝ちゃって聞かなかったのよね。あれ一つでも覚えてる話ある？　あたしはないけど、あたし以外も覚えてないと思うのよねアレ。まあつまり、国王の話はそれぐらいの内容だったわ。

祝賀会ではさすがにいい料理といい酒がどんどん出てきた。食べきれないほどの量で、残して捨てることを前提としたかのような料理の数々。しかも、それをろくに手をつけずに談笑している貴族様。おいしいんだけどさ、これがあたしの住んでる村の税金とかから出てると思うと、素直に喜べない部分もあるわよね……。

まずは王様に話しかけられた。どんな話をすんのかと思いきや自分の話ばかりで何言っていいか分かんないので適当に愛想笑い。明日には忘れてそうな内容だ。

さて料理を食べようかと思いきや、次は隣のレノヴァ公国の公爵さまらしい。こっちはあたしのことを掘り下げて聞いてきた感じだけど、やっぱり平和なのか戦いに関する話はあまりなかった。その会話も終わってベーコンをようやく一口食べたところで、西の辺境伯と令嬢の二対《つい》の目に見られているのに気がついて……。

その後も、次々とまるで人気吟遊詩人の握手会に並ぶ女子連中のように、勇者ミアちゃんに挨拶したい貴族連中の待機列が延々と続いた。あたしは偶像《アイドル》や彫像《シンボル》みたいな礼拝対象じゃないわよ……って、似たようなものか。……結局、ほっとんど料理食べてないまま時間ばかりが過ぎてしまった。

皿の上の、甘いケーキなんかばかりがデブの貴族にバクバク食われて、丸々盛りつけただけみたいな全く減ってない野菜を横目に、あたしはすっかり冷めた七面鳥にフォークを刺した。

食べてみると、さすが王室御用達のシェフの料理だ、冷めてもおいしいわね。……母さんほどじゃないけど。


もう食べながらでいいかって思って、皿に肉を乗せながらどこかの伯爵とかいうのと軽く会話していたら、なんと縁談っぽい話が出てきた。

「ええ、勇者のご子孫を残せるということなら、是非我が息子にと」

「初めまして、ミア様。本日はよろしくお願いします」

「えっ、ああよろしくね！」

うおお、まじか！　正面には金髪をキラキラさせた、村ではお見かけできないタイプの美青年がいらっしゃる！　これが伯爵令息様！　やっぱ村の男とはレベルが違うわ……！

今はまだ考えてないけれど、そっか勇者になったら貴族様のイケメンたちとも縁ができるのね。これであたしが強い勇者になった途端に、色目使うどころか避けやがった上に気まずそうに村を出て行ったあのナヨナヨ優男も見返せるわ！

んんーっ、あたしのモテ期到来しちゃったなー！　いやぁー困っちゃうなー！　今日はつまんない日だと思っていたけど来た甲斐はあったわ！　ヨッシャ今日は肉を喰らって肉を喰らおう！　ていうかそれぐらいいやらないと割にあわねっつうの！

しかしその彼と話そうとした瞬間、私に近づく影があった。……ん？……おお、でっかいわね。

「……あなたがぁ……勇者の、ミアさん、ですか……？」

うわ顔真っ赤ってか酒くっさ……。やべぇ、めっちゃ飲んでんじゃん。まあいい酒たくさんあったものね、こういう機会にガバガバ飲みたがる気持ちも分かるわよ。今はパンにかじりついてるみたい。

「自分は……騎士団長の、マックスというものっすわ……。活動ぅ……一緒にするってことで……騎士団、代表、挨拶……」

ああ、騎士団長さんなのね。貴族の駆け引きっぽいのとかとはまたちょっと無縁な人って感じかしら。こんだけ周りに人がいるんだったら、そりゃあ貴族は警戒して酒を控えたりするわ。すっかり油断して飲まされちゃったわね？

「酔ってるんだったら、もうお休みした方がいいんじゃない？」

「勇者……こんな、背丈で、体で……本当に強いんですかねぇ……？」

喧嘩売ってるわけ……じゃないわよね。我慢我慢。見てみるとなるほど、かなり目が虚ろだわ。大丈夫かなこの人。

「ねえ、マックスさん？　どうもかなり酔っているようだし、あなたもう休んだ方がいいんじゃ」

「この細腕……」

っ！　こ、こいつ！　あたしの腕を掴んでいる！

「ちょっと！　いい加減に……」

あたしも頭に来て大きな声を上げる。周りの貴族達も、一体何が起こったのかとこちらに視線が集まってくる。

ま、まずいわね……なんとか離れてもらわないと。

「こんな、女の子がぁ」

……マックスさんの手が伸びてきてあたしの顔に触れようとしたところで、あたしが迂闊《うかつ》に身を引いてしまった。

ふらっと中空を漂ったマックスさんの手は、そのまま下側にずれた。

そして――――胸に触れた。


瞬間、頭に血が上った。

「てめッ何さらしとんじゃオラアァッ！」

あたしは、その胸を触ってきた右腕に向かって、思いっきり全力のチョップを放った。

「いギャアァ――――ッ!?」

メキョ、とあまりにも反発なく腕に沈み込んだチョップは、正面の男の腕を不自然に折り曲げた。

あたしはそれを意識する前に足を振りかぶって、前方にいる男を蹴り上げる！

しかし二撃目は相手が尻餅をついたことでかすっただけとなり、男の手から落ちたパンをちょうど真上に蹴り上げる形になる。

「当たらなかった！」

右腕を押さえながら、脂汗を流して背中から絨毯《じゅうたん》に倒れ込む騎士団長。

静まりかえる、歓談の席。集まる注目の視線。広間にはマックスのうめき声だけ。

時間差で天井から落ちてきたパン。そこでやっと、頭が冷静になる。周りの貴族達も状況をようやく把握する。

「い、今の声、倒れてるの……騎士団長だよな……？」

「あんな体のデカイ奴を見間違えるわけないだろ」

「ヒィッ!?　う、腕！　腕が折れているぞ！」

「勇者……勇者が素手で、あの細い腕で騎士団長の腕を折ったのか……？」

「なにボーッとしている！　回復術士《ヒーラー》！　早く誰か呼んでこい！」

……や……やらかした……！　いくら相手が悪くて、頭に血が上ったとはいえ……とんでもないところを見せてしまった……！

完全に……お、大事《おおごと》になってる……！

あたし、一体何この状況でどうすればいいの。ど、どうしよ、まさかあんなでっかい男の腕がチョップ一発で簡単に折れてしまうなんて……！

勇者の力、侮っていた。人類最強になった意識が全然足らなかった。

何か場の空気を変えることができないかと、さっきまで仲良く歓談していた伯爵令息の金髪美青年に声をかける。

「……あの」

「ヒッ!?　や、やだ、つぶさないで、やだぁ～っ……！」

美青年はあたしの手を見ると、一目散に逃げるも自分の足をもつれさせて倒れる。そして、床であたしの方を振り向きながら、腕だけでズルズルと離れていく。その怯えた視線が、あたしの足に移る。

「えっ……？」

「あ、ああ……あ……」

そして……彼はその白い服の股間を、黄色く湿らせた。何を言われたか頭の中で反芻《はんすう》して、一体どうしてこんなことになっていたか分かった。

『つぶさないで』

あたしは何て言った。

『当たらなかった』

……やばい。やばいやばいやばい！

令息があたしの足の甲を見ていることで思い出した！　あたし、今何やろうとした……村で男子にからかい半分でやるつもりで、勇者の全力の金的で潰しにいってた……！

それを……貴族全員に見られた！

「あの、すみません、とっさのことで……」

声をあげるも、今更あたしの方をさっきまでのノリで見てくれるような貴族はいなかった。当たり前だ、剣の勉強をしているとか、魔法の勉強をしているとかいっても、村育ちの喧嘩っ早いあたしとは違うんだ。しかも今のは、子孫断絶の一撃だ。

こんな女、誰も娶《めと》るわけがない。

ああ……あたし、もう王子様どころか、男爵の側室でもお断りの女になっちゃった……。

「ミア様、先日は誠に申し訳ありませんでした……！」

翌日、騎士団長のマックスに謝罪をされた。

あたしとしては……とにかく複雑な気分だ。胸を触ってきたマックスが、女の尻を追っかけてるクソ変態ヤローだったらどれだけよかっただろうって思ったぐらいよ。

素面《しらふ》のマックスは……とてつもなく生真面目な男だった。生真面目故に飲まされる酒を断れず、たまたま胸に触れてしまったことを覚えていて申し訳なさそうにしていた。話がこれだけならあたしも事故だってことで後腐れなく終わらせてもよかった。

でもね、でもね！　今日一日だけでも、男がとにかくあたしを見て逃げるの！　人の口に戸は立てられないとはいうけど、それにしても全く男が寄りつかないどころか近づくだけで避けるとは思わないじゃない！

完全にあたし、今城下町で一番危険な女扱いよ！　こんなので一体いつになったら結婚できるのよ⁉

それもこれも……この騎士団長が胸を触った挙げ句一撃で折れちゃったせいなの！　でも、この騎士団長のマックス自身は悪い奴じゃない。だから怒るに怒れないし、許すに許せない……あたしの心境は、本当に複雑だった。

更に最悪だったのが、マックスが騎士団長という王国で一番強い戦士だったことだ。それが何を意味するかというと、マックスと任務に一緒に挑むことが多くなるということ。

当然、あたしとマックスを見た男が思うのだ。

——腕折った女と付き従ってる男。

このおかげで、どんなに下手にニコニコ近づいてもね、男が完全にあたしに対して逃げ腰なのよ！　いつまで経っても忘れないわけよ男達は！

そしてマックスから逃れても、東へ行ったところでレノヴァにはあたしの金蹴りを見ていた公爵様がいるし、西へ行ったところであたしの噂話を広めた令嬢がいるの！

どこへ行っても、有名人のあたしは有名人なりの噂話と一緒に語られた。その中でもやはり、魔物討伐以上にドレス姿での素手チョップで騎士団長の腕を折ったというエピソードよりインパクトのあるものはなかった。男達には、玉潰し未遂の話も一緒に流れた。


これが、あたしの中で一番の嫌な思い出『腕折り事件』の全貌《ぜんぼう》だ。

そんなわけで、男という男はどんな屈強な戦士だろうと誰もあたしを女として見ていない。尊敬と恐怖の入り交じった、そんな目で見てくるのだ。

街の人は普通に接してくれる。普通に接してくれはするが、もう皆『人間』とか『魔物』とかの分類のように、あたしを『勇者』って種族で見ていた。

国王ともトラブルになり仲は非常に悪い。そしてその分他国から引き抜きの話もあったけど、ついに縁談の話はなかった。

あたしは五年間、勇者としてあくまで個人的に戦うだけの、ビスマルク王国出身のただのSランク冒険者となった。

それが久々に会ったライが、まさかこんなに魔族の女と仲良くなっているなんて。

リリーはどうしたの？　ってそうよね、ザックスの奴と結婚しちゃったのよね。なんとなくリリーとザックスが一緒になっちゃった時点で、ああもうライは本当にずっと誰かと関係を持つことなく一生を過ごすのかなって思ってた。

もしかしたら、あたしが王城での腕折り事件を愚痴《ぐち》ったときに、あたしと一緒に一生独身を貫いてくれるのかしら、なんて思っちゃったりしてね。こんなに冷たく当たっているのに、どこまでもあたしに合わせてくれて……本当に、よくできた弟だと思っていたわ。

だというのに……だというのによ⁉　ライは魔族と住んでいた！　しかもあれだけ料理と彫金と、他さまざまなチマチマした作業をすることに時間を費やしていたあの堅物のライが、どんな村の女の子でも見たことのない何あのいちゃいちゃっぷり！

でもね、リンデちゃんもリンデちゃんで滅茶苦茶可愛いわけよ。あーもーなんなのよ、魔族が敵だとか聞かされてたけど、どう考えても角が生えただけのタダの美少女よね。しかも精神年齢めっちゃ幼いし。ただし、美貌はとんでもない。しかも胸とかもう、ドーン！　って感じだ。あれであたしより力強いんだから、アレを使って本気でライを襲ったら、ライみたいな免疫ない男とかイチコロよね。

ってなわけで。あたしは納得いかなかったのだ。

ライに……よりによって、あの恋愛と最も縁が遠いライに先を越されたことに……！

そういったもやもやした、主にライもリンデちゃんも全く悪くない事案に対してあたしは再び一人だけ行き場のない気持ちを持て余していた。

なんだか、あたしって一人だけ踏んだり蹴ったりな気がする……なんだかなあって思っちゃう。

だからだろう。リンデちゃんの出した話に飛びついたのは。

「魔人族の人なんかどうです？」

魔人族。角が生えただけの理性的な人間。あたしが多少暴力振るった程度で腕が折れない、というかそういうことをやったという話自体知らない人達。

そう、『腕折り事件』を知らない男達だ。

このリンデちゃんの抜群スタイルとルックスを見る限り、見た目の期待値は十二分に高い。高いっていうか期待しない方が無理ってものだ。

勇者だから魔王討伐？

教義だから魔族壊滅？

そんなの二枚目、イケメン、美少年達を食い荒らす大切なお仕事に比べたら二の次よ！

ていうか！　割とマジでギリギリっつかピンチだからね、あたしの年齢と知名度！

あたしは、あたしの春を探すために、魔王討伐とかいう今となっては最早何の信用もできなさそうな勇者の仕事、全力で投げ捨てるわっ！

王国騎士団長マックス　気持ちだけでも、理想とした騎士《ナイト》でありたい

俺と勇者ミア様の出会いというものは、一言で表すと『最悪』だった。

祝賀会というものは慣れなかったし、貴族というものも慣れなかった。しかし見目のため半分とはいえ、若くして騎士という王国内の準貴族の扱いの者として、どうしても出席せねばならなかった。緊張の場の空気による疲れと、普段の安酒とは違う良い酒だったのだろう。俺は思いの外その酒精の強い酒に酔ってしまった。そして……後はひどいものだった。


ミア様に後日謝罪をし、許してもらえたが……内心複雑であるということを隠しきれない様子だった。その関係は、時間とともに難しくなっていった。

ミア様にとって自分は、モテない原因を作った男だった。

そして自分にとって、ミア様は腕を折って金蹴りを狙った恐ろしい女だった。

同時に……この圧倒的に強い少女のことを尊敬もしていた。


騎士団長とは名ばかりで、王国では便利な戦力としてあちらこちらに飛ばされていた。それでも、

その度に病気の母のためのお金が追加で出ていたので、断ったことはなかった。

ある日、見たこともない魔物が出たと報告を受け、騎士団長の俺は兵を連れて森まで入った。その森にいたのは……全身灰色で顔つきはなんともいえない不気味な魔物だ。頭には角が生えており、手には剣とも板ともつかない武器を持っている。そいつは俺を見るなり「ほー、多少はできそうだな」と言った。……間違いない、この相手は『魔族』だ。

王国を代表する者として、部下もいる者として負けるわけにはいかない……むしろ、部下の前で一番強い自分が魔族に負けるとあっては、士気に大きく関わるので絶対に負けられない戦いだった。

三方向から囲むように攻撃をするも、相手の持っている歪な大剣を押し込むことに精一杯だった。その間に左右の兵士たちが槍で攻撃を加え、少しずつダメージを入れていく。奴の腕から黒い筋が伸び、地面に垂れる。魔族は黒い血、か。

「うぜェな……いい気になってんじゃやねぇぞ！」

体格の大きい俺から見ても横幅の大きい筋肉の城のような化け物。その大剣が引かれたと思ったら、力任せに振り抜かれた。鉄の塊《かたまり》みたいな剣が槍兵の穂先に触れ、先端が折れたのが視界に入る。俺もとっさの判断で剣を引き盾を構えるが、相手の剣が衝突した瞬間に吹き飛ばされてしまった。

尻餅をつき武器をなんとか構える俺を、悠々と見下ろす魔族。左右の槍兵も今の様子を見て攻めあぐねている。

……初めて敵対して、魔族というものがこれほどまでに恐ろしいとは思わなかった。

魔族と人間、顔が違っても嗤《わら》ったというのは分かるらしい。厭《いや》らしい笑みを浮かべた魔族の腕が、鉄塊を振り上げる。まずい……！

――――その瞬間、後ろから赤き流星の如く降ってきたものが、魔族に体当たりをする。その筋骨隆々の魔族の体が、勢いを殺しきれずに吹き飛ぶ。

「ちょっとマックス、王国を担う騎士団のトップがこんなヤツ一人で倒せなくてどうすんのよ！」

そこには、ミア様がいた。

魔族が起き上がりミア様に襲いかかるも、それを軽々と受け止め反撃する。距離が離れたと思ったら片手で魔法を撃つ。再び魔族は接近し、両手で持った鉄塊でミア様に全体重を乗せるように打ち付けるも、これを無表情で受け止める。

自分が苦戦していた相手を、一方的に打ちのめす勇者。戦い方どうこうじゃない、もう何もかもが自分とは違う存在だった。

「グッ、なんだこいつは……！」

「世界一可愛くてモテない美少女よ！　ってやかましいわ！」

まるで遊びに来たかのように、余裕で言葉を返すミア様。剣で剣を受け止めながらも、空いた左足で魔族の腰を蹴りつける。魔族に対して、足で攻撃など……と思っていたが、魔族は明らかに苦しそうな顔をしていたので驚いた。あの筋肉の鎧に、少女の蹴りが効いている……！　やられたらやり返す質《たち》なのか、魔族からも反撃の蹴りが来た！　俺でさえ吹き飛んでしまいそうな蹴りを、ミア様はなんと防御もせずに受け止めた。

「あんたみたいな魔族、何体か一人でぶっ殺したことあるけど……ぶっちゃけ今日の相手のあんた、かなりザコね」

「な……！」

嘘では、ないんだろう。あの肉体同士のぶつかり合いで、ミア様は蹴りによるダメージをあまり受けていないようだった。

それは、この普通の背丈の少女が、俺より大きい筋肉魔族より筋力で勝っているということ。

「あ、ありえないありえないぃ！」

「現実逃避しちゃって負け惜しみモード？　じゃあもうそろそろ終わりってパターンよね」

そう独り言のように呟くと、勇者はそれまで接戦だったように見えていた戦いが嘘だったとはっきり分かるように、剣を押し込んだ！

「オッラァァアッ！」

「ば、かな――――」

そして魔族は、自らの鉄塊を顔に押し込まれ、最終的にその剣と一緒に地面に沈むように、顔を潰され地面にめり込んで絶命した。

誰が見ても、余裕の勝利だった。

その勇者ミア様の勝利に歓声が上がる。勝った実感がわき起こりかけていた俺に、ミア様が歩いてきて一言告げた。

「あんた特訓ね」

騎士団の仕事を一時的に引き継いで、ミア様の故郷である勇者の村で特訓を始めた。

それはもう……厳しいしごきだった。剣で打ち合い、バテると罵詈雑言《ばりぞうごん》を飛ばされ、再び打ち合うも一度も勝てない。

確実に実力が付いていているという実感はあるが、それでも厳しいと一言で済ませるにはあまりにつらい時間だった。

村の者達、低ランクの冒険者から酒場の看板娘まで見ている中で、少女一人にやられる様を見せつけることも、つらさに拍車をかけていた。

「マックスさん、お疲れ様です。食事が出来ていますよ」

「あ、ああ……よろしく頼むよ、ライムント君」

ミア様には弟がいた。あのミア様の弟というのならどれほど乱暴な剣士かと思いきや……驚いたことに弓術士で物腰柔らかく丁寧、しかも料理の腕も下手な食堂より味が上というまるで正反対の少年だった。ミア様が城下町での食事をあまりおいしそうに食べていない理由も分かった、この味に慣れているのだ。

正直、このライムント君の料理がなければ。……もっと言えば、この物腰柔らかい少年がいなければ早い段階で心が折れていたかもしれない。それぐらい、勇者の訓練は激しかったし、ライムント君は優しかった。……しかしミア様はそんな弟に対しても非常に厳しいというか、本当に容赦のない人だった。

今日の料理はチーズの入ったハンバーグ。緑のハーブかスパイスが入って形もふっくら綺麗な、極上の美味しさの一品だった。

ライムント君は、再々その料理を出してくれて、俺はその料理を褒めに褒めた。しかし……ミア様は俺が褒める度に苛立たしげな顔をしていた。そして無言で難しそうな顔をしながら咀嚼《そしゃく》し、食べ終わると最後にこう言うのだ。

「ライ、これも違うわ」

「僕もそう思うよ……ごめん」

二人の間に何があるかはわからない。分からないが……それでもライムント君は、傍目に見てとても頑張っていた。頑張りすぎだと心配になるぐらい、頑張っていたと思う。本当に優しい少年だ。

「ライムント君が勇者だったらなあ……」

「あはは、またですか？」

すっかりその愚痴は、俺とライムント君二人のときの決まり文句になっていた。

もちろん本心だった。

ミア様にとって、俺は現在進行形で『モテない理由を作った原因人物』であるため、まだ事件に対して許すという感情になっていないのだろう。

同時に俺も、ミア様とのやり取りで城下町でも全員に『胸を触った男』『少女に負けた騎士団長』という事実が伝わりきっているため、現在進行形で『モテない理由を作った原因人物』なのだ。

自分は悔しいのだろうか。嫌いなのだろうか。それとも怖いのだろうか。……どんなに考えても、やはり客観的に見て加害者は自分なのだ。

お互いがお互いを苦手としているのに、一緒に行動する必要がある。自分の感情にどう対応していいかわからない。五年間、王国の守護者二人の足並みは揃わなかった。

昔は、物語に出てくるような騎士《ナイト》に憧れて木剣を振るった。若くして騎士団に入り十年、ミア様と出会った直後は名ばかり騎士団長だった俺も、あと僅かな年数で、三十となる。

……俺にも、いずれ本気で護りたいと思うような女性が現れるだろうか。

本当に情けない話だが……逞《たくま》しく力強い女性を見るとミア様を……あのチョップの傷みを思い出してしまうため、すっかり萎縮してしまい異性としての魅力を感じなくなってしまった。ところが、城下町住居区の母の近所付き合いで会う女性はそういう気性の荒い女性ばかりなのだ。勇者の村ではそもそも未婚女性はミア様だけだった。つまり……俺に浮ついた話は、全くなかった。

交際するならば儚げで優しい女性か、可能であれば可憐でお姫様のような女性が理想だ。まあ……今更自分の好みの、可愛らしい女性が自分に惚れてくれるなんて、夢物語でしかないが……。

それでも俺の前にそういった女性が現れてきた時は、命を賭して物語の主人公のように、女性を護る白馬の騎士でありたいと思う。

魔人王国『時空塔騎士団　第十二刻』エファ　それでもリンデさんが心配なんです

陛下には、かなり思い切ったお願いをしたと思います。

『……あなたも、人間の街に行きたい？』

その声に、びくびくしながらも頷きました。

時空塔騎士団　第十二刻。

それぞれ別の役割を持つ陛下直属の部下十二人組。結構軽いノリで騎士団という名前がついて、最初の並びを「とりあえず戦闘力順にしよう」と決めた時、私は自ら立候補して十二番目となりました。

私の名前はエファ。時空塔騎士団『回復術士《ヒーラー》』です。

「リンデさん……」

そんな私は、今、一番仲の良かったジークリンデさんの後を追っています。

リンデさんは、次元の違う戦闘力を持った第一刻のクラーラさんを除いて、時空塔騎士団の第二刻という立場になっている、とてつもなく強い女性。

だけどその中身は、明るくて可愛らしくて、私たちのムードメーカーでした。

私は不器用なリンデさんに私服を着せる役をしていました。手先が一番器用なのが私で、黒のコルセットの紐を結んで、服を着せることができるのが私しかいなかったからです。

おかげで随分と仲良くなりました。

リンデさんは魔人王国の図書館に普段は住んでいて、読書も大好きで、一日中ずーっと物語を読んでニコニコしている人でした。学問などそういった書物は二の次で、とにかく人間と人間の物語が大好き。読んでは次の本、読んでは次の本。どんどんその世界にのめり込んでいきます。

その日も私はリンデさんと一緒に、読書感想会を開いていました。

「人間の料理の話が出てくる度に、どーやってそんな細かいことができるのか不思議だなーって思っちゃうよね」

「そうですねぇ、書いてある単語が何か調味料なのは分かるんですけど、複雑すぎて全く味の想像がつかなくって」

「うう……昔、塩を使ってみて全部ダメにしちゃったの思い出したよ……ちょっとの量で食べられないぐらい塩辛くなるのに、ちょっとしか使わないと全然味の差を感じないなんて、どうやって使ったらいいのか……」

「なんで当たり前のように人間さんはみんな使えるんでしょうねぇ……」

小説を読んでいくと、大抵の作品に料理をする母親やメイドさんというものがいました。下働きとはいえ、このメイドさんという細やかなお仕事をする女性、可愛らしく描かれることが多くてちょっと憧れちゃいますね。

特に、ナイト様とメイドとの、身分を越えた恋愛とかとか……！　王子様ともなるとさすがに立場があって駆け落ち状態なんですが、男爵レベルの話なら側室にメイドという話はよくあるのです。そういう女の人に惚れて打算なく女性に欲が燃えちゃう男性！　ああ、小さな私をお姫様抱っこなんてものじゃない、もっとぎゅーっと包み込むように抱え込んでくれて、逞しい腕で軽々持ち上げられて、夜はベッドで全身を包み込むぐらいの……きゃ～っいけません旦那様～っ！

「エファちゃん、つん」

「ひゃわわぁっ⁉」

「また妄想入っちゃってたよー」

「はわ、はわわわわ……」

い、いけないいけない。恋愛モノは本当に心全部もってかれちゃうぐらいヤバイです。仲良しのユーリアちゃんも妄想がすごいけれど、私も負けず劣らずの妄想癖で恥ずかしいですぅ……。

「でも、憧れる気持ちわかるなあ。私も白馬の王子様がピンチの時にやってきて、お姫様抱っこで救ってくれたりしないかなって思うよ」

「リンデさんがピンチに陥る相手なんて、人間が勝てるとは思えないですよぉ」

なんといっても時空塔騎士団第二刻。リンデさんがピンチになるような相手が出た時点でよっぽどの人じゃないと対応できないと思います。

「ううっ……そーなんだよねぇ……。ビルギットさんも同じこと憧れてたって言ってたよ」

「ビルギットさんをお姫様抱っこできる人なんてもう人間どころか魔人族でも一人もいないですよ」

そうしてお互い笑い合いました……ビルギットさんには悪い気はしましたけど。

ちなみにビルギットさんは、時空塔騎士団第四刻の女性。心優しく頭もいい、とても素敵な女性なんです。ただ、身長が……三メートル半あります。

ちょっと王子様にお姫様抱っこされるのは無理ですね……。


たくさんリンデさんとお話をして、たくさん情報交換しました。

ある日リンデさんは人間の物語ではなく、人間そのものに興味を示しました。だから、行ってみたいと言い出したのです。

「陛下！　私、人間の街に行ってみたいです！」

「却下」

普段は優しい陛下の、あまりにも固い即答に、私も周りの魔人族の人達も驚きました。

「えっ、あれ……？……っ！　な、なんでですか⁉」

「人間は、私たちを敵だと思っています。殺される、そういう存在だと」

「そ……そんなことしません！」

「あなたがそう思っていても、人間は『魔族は人間を滅ぼす』という認識を、魔族に会ったことがない人間全員で共有し合っている……そういう宗教があるのです」

「そ、んな」

リンデさんは、心こころにあらずといった様子で視線を彷徨わせると……肩を落として出て行ってしまいました。……その時、陛下がリンデさんの方を、リンデさん以上に泣きそうな目で見ていたのが印象的でした。まるで、陛下が一番その事実を悔しがっているようでした……いえ、事実としてそうなのでしょう。

「何か条件を出せませんか？　人間の街に行ってもいいのなら、私は陛下からの全ての要求を無条件で呑みます」

後日、なんとリンデさんは再び陛下に人間の街に行きたいと言ったのです。いつもの明るい顔ではない、真剣な目で真っ直ぐ陛下を射貫いています。さすがにこれは、陛下も面食らっていました。リンデさんはムードメーカーで、元々聞き分けの良い子なのです。そのリンデさんが、ここまで陛下に食ってかかるとは思いませんでした。

「どんな、条件でもですね？」

「はい」

それは、お互いがフレンドリーでいつものような、陛下……アマーリエ様とリンデさんの友達同士の仲のいい会話ではありません。女王と部下の会話です。

「では条件を。人間に会った場合は絶対に攻撃してはいけません」

「もちろんです」

「相手が何の会話も出来ずに攻撃してきたら、逃げなさい」

「はい」

「逃げられなかったら、そのまま死になさい」

「……っ⁉」

「この条件が呑めないのなら、人間の街へは」

「いえ！　条件は呑みます！　人間の方が強かった場合は——こ、殺されます！」

あまりにもハッキリと言い切ったため、場が騒然としました。陛下もさすがに呆気にとられています。もちろん、私もです。

「……っ！　まだ、あります！」

その後も陛下は条件を出しましたが、リンデさんは先ほどのように躊躇《ためら》うことはもうありません。リンデさんは、全ての条件を呑みました。

「……。…………わかりました。私もあなたに随分と我慢を強いてきました。ここまで呑むのなら許可しましょう」

「陛下……！」

「ただしッ！」

「っ！」

「……リンデちゃんは、みんなのムードメーカーだから、本心を言うとずっといてほしいの。だけどそこまで言うなら絶対会ってきてほしいと思うし、同時に絶対生きて帰ってきてほしいと思ってるから。それだけは忘れないでね。騎士団《リッター》のみんなも、リンデちゃんのこと大好きだから」

「……陛下……っ、ぐすっ……ありがどうございまずぅ……」

「うんうん、よしよし」

……やっぱり、陛下も寂しかったみたいですね。二人とも普段は、本当に仲がいいのです。

リンデさんは、翌日旅に出ました。……戻ってくる予定のない、一人旅。会って逃げられなかったら、殺される一人旅。

不安です。旅に出たリンデさん以上に、じっと待っている私が不安で不安で仕方ないです……！

「……それで、リンデの無事を調べに私に外出許可を？」

「はい」

「リンデに出した条件、あなたが聞いていなかったわけではないでしょう」

「はい」

「……。……はぁ……エファも大概言ったら聞かない方だよねぇ……」

「……陛下……」

「分かりました、いいでしょう。……ただし、エファはリンデの無事を調べたらすぐ戻ってくること、そしてあなたの防御魔法は信頼していますが、それでも足は遅いですから人間の街付近まで行くことは許可しません。途中の森までです。リンデがそれまでに見つからなかったら……諦めて帰ってくること」

「陛下……！　はい！　ありがとうございます！」

そうして、私も送り出されました。あくまで、人間の街ではなくリンデさんを見つけることが目的です。

陛下の話によると、リンデさんが逃げ切れないような人間は元々想定していないと、そして私の防御魔法を押し込める、削れるほどの人間もいないことを想定して送り出してくれました。

ただ私は人間に比べると基礎体力が高いとはいえ、囲まれると危険であるとのことで、あくまで人間の街の寸前までです。

「……そろそろ、中間地点に……ッ!?」

に、人間！　人間の女性です！

初めて人間を、見ました。目の前に角のない女性の剣士が見えます。あちらも、こちらと同時に目が合いました。その後ろには、逞《たくま》しい騎士様っぽい人……えっ!?　あ、あれはまさか、騎士団……！　まずい、囲まれます！

急いで防御魔法を張り、杖を構えながら逃げます。しかし……！

「――ハァッ！」

……何が起きたか分かりませんでした。ただ、今の一瞬でその女性が私に追いつき、私の防御魔法が……陛下が大丈夫だと言っていた防御魔法が、押し込まれているのだけわかります。

でも……私だって、魔人族の騎士団末席！　杖を使った棒術ならそれなりに扱えます。人間を害してはいけない、でも怪我させないように相手をするぐらいなら……！　と思ったのですが、目の前の相手はそんな私の攻撃に、大きな両手剣でついてきています。そして相手の剣が、私の防御魔法に再び大きな打撃を与えます。

うっ……！　あ、ああ……そんな⁉　防御魔法が消耗している！

……どうして……！　陛下、私の防御魔法は人間の相手をしても大丈夫じゃなかったんですか……！　このままでは……！

「ミア様ッ！」

「マーックス！　手出しするなよ、もしそこより前に来たら先にあんたの腕を折ってやっからな！　つーかお前じゃこいつには勝てない！」

散開するように兵士達が私を取り囲んでいます。……状況が、悪くなっていきます……。

ああ……リンデさんの無事を確認するつもりが……こんな……こんなはずでは……！　ごめんなさい、陛下……ごめんなさいリンデさん……。

ごめんなさい……。

魔人王国『時空塔騎士団　第十一刻』レオン　お節介な妹の言いたいことも分かる

僕が陛下の変化に気付いたのは、それからすぐのことだった。

「陛下……心配なら心配ってハッキリ仰るのがよろしいかと？」

「レオン……。私は、顔には出していないつもりなのですが」

顔には出していなくても、陛下の変化は分かる。

今名前を呼ばれた僕が、時空塔騎士団代十一刻のレオンだ。担当は強化魔術師《エンハンサー》という少し変わった役割を担っている。

「陛下は、他の事を考えているときは音が鳴らない程度に指でリズムを取るでしょう？　ページの進みも僅かに普段より遅いようですし」

「へ？　あっ……。もう、あなたは本当に、頭も良くて観察眼もあって、頼りになりますね」

ようやく少し、おかしそうにくすりと笑い、笑顔を見せてくれる陛下。その様子に、この場にいたハンスさんとフォルカーさんも少し微笑み、後ろでカールやビルギットの安堵する空気も感じられた。

「……ええ、あなたの言うとおり、私はエファが心配です。あまり目立たないように少人数で、背の低いエファなら大丈夫かと思ったのですが……ああ、この魔人王国の地下都市跡に帽子の類《たぐい》があれば……」

「ないものばかりは仕方ありません、陛下。……やはり僕も落ち着かないんですよ、ユーリアと様子を調べてもいいでしょうか？」

「そう、ですね。ユーリアには随分仕事をさせてしまい申し訳ないと思いますが」

ユーリアというのは、僕の妹のことだ。魔法に関しては、少し欠点があるものの基本的なもの全般を扱うことができる、妹ながら優秀な魔道士だ。

「いいえ、妹は陛下自らが頼りにしてくれていることを嬉しそうにしていますよ」

「ならいいのですが……それでは、少し様子を見てきてくれませんか？」

「はい、了解しました」

よかった、陛下からエファのことを調べる許可がもらえた。早速向かおう。

陛下にすぐに出向きたいと伝え、建物の外で待っている妹の所まで行く。

「お兄《に》ぃ、どうだった？」

「エファの様子を調べてくる許可はもらえたよ」

「さっすが！　エファ様のことは私も心配だったからね」

そう言って、妹は笑顔で僕を見下ろした。

……そう、見下ろしている。妹は、僕より背が高い。これは、妹の背が高いというわけではない。むしろ背丈は時空塔騎士団の中に混ざっても下から四番目程度というどちらかというと可憐な容姿だ。金髪でセミロング、赤い瞳。我が妹ながら、どこをどう見ても美少女だと思う。ちゃんと、妹って感じのタイプの。

つまり……僕の背がとても低いのだ。それはもう、ちょっと低いなんてものじゃない。周りの同年代の男の中では、群を抜いて低い。先ほどの女王陛下から見ても、僕は精々陛下の首までぐらいしかない。

ただ、この背丈に関して自分が何か思うことがあるということはない。単純に受け入れているし、女性に見下ろされるのも慣れている……と言ったらいいのか、その……嫌ではなかった。

ただ問題があるとすれば……。

「……それにしてもお兄ぃはさ、いい人とか見つけたりする日が来るのかなー」

「またその話？　随分と先の話でしょ」

「でもでもー、お兄ぃって将来的に好かれそうな相手って全く思い浮かばないっていうか、望み薄いんだよねー」

そう言って頭を軽くぽんぽんと叩き、弟というかまるで子供のように扱う。いや、僕、一応君の兄なんだけど……。

「……はぁーっ……」

「な、何だよ」

一方的に絡んできておいて露骨に落胆した反応をするユーリアに対して、困惑しつつ聞き返す。

「いやさー？　妹だよ私。妹にこんなことされて怒ったりどころか、嫌そうにすらしないわけ？　ていうかちょっと照れてない？」

「……別に嫌ではないけど」

「嫌ではないってのが既にちょっとなあ……」

ユーリアは、僕の頭から手を離して「一番小さいエファ様、確か結構年上なのよね……あっこれタブーなんだった」「ぐいぐい来る男勝りな人がいいのかなー」「いっそ魔人じゃなくてもいいんじゃや？」とあれこれ呟いていた。

お前は妹どころかお母さんも通り越して、お見合い結婚を吟味するお婆さんか何かかよ……。

「大体ユーリアだって相手はいないだろう？」

「私は自信あるもん、実際モテるし」

「そりゃもちろん分かるけど、そうやって油断してると案外一番最後になったりするよ？」

「そ、そういう予言めいたこと言うと本当になっちゃうからホンットやめてよ⁉」

慌てた様子のユーリアに笑い……そして海岸まで来て、この話はここで切り上げとなった。


……まあ、妹《ユーリア》の言いたいこともわかる。

とにかく妹より背丈の低い兄の僕は、これでも成人してしまっている。

しかも同年代は、頭二つ三つは背が高くて男前なカール、そして更にそのカールの倍あるビルギットだ。

二人が付き合うかどうかは分からないけど、少なくともビルギットと僕はありえないなと思う。仲が悪い訳じゃないけど、さすがにオーガキングより大きい同い年と恋人になろうという気持ちにはならない。お互いそういう気持ちのない、だけど仲の悪くない異性の友人だ。

しかし同年代を除くと……基本的に女は皆、近接武器で力強く戦える男が好みだし、それが普通だと思う。少なくとも僕はそれ以外を好む女性をまだ知らない。

時空塔騎士団第十一刻という立場を利用して交際をするにしても、それは相手に我慢を強いるということであって、相手の気持ちを無視したものだ。どうしてもそれだけは避けたい。

でも……いるものかな？　僕みたいな背の低い男を好んでくれるような女性。……いや、今は仕事だ。またいずれ考えることにしよう。

ユーリアの顔が、先ほどまでとは違う真剣になる。

「討伐以外でこれ使うの、直近で三回目だね……『アイスロード』！」

右手から現れた杖を光らせると、海が凍っていった。リンデさんとエファさんの時にもやったんだろう。我が妹ながら、凄い魔法だと思う。

その氷の道を二人で歩いて行く。やがて砂浜に足が着き、氷の道が解けるように消える。

「索敵魔法を全力で使いたいから、お兄ぃの……」

「もちろん。『マジカルプラス・ゼクス』……これでどうだ？」

僕は、妹のユーリアが実力を発揮できるために、強化魔法をずっと練習してきた。

僕の強化魔法は元々あった魔法を『第二段階《ダブル》』という上位階級に引き上げるという、魔人王国で魔法の指導役であるマグダレーナさんによって編み出された複合魔法で、更にそれを研鑽《けんさん》によって第六段階《ゼクス》まで引き上げた技だ。

しかしその能力は自分が思った以上に成長していたようで、特に強化魔法は陛下との相性が良かったため、結果的に妹を抜いて僕が時空塔騎士団に抜擢されてしまった。

妹はそのことを祝福してくれたけど……妹を強化して活躍させて時空塔騎士団に入れるために頑張ったのに、その結果自分だけが入ってしまって少し悪い気もしていた。

「よし、さすがお兄ぃの魔法だよ。じゃあ……『エネミーサーチ』！」

ユーリアが杖を高く上げて魔法を使う、そして……表情を強ばらせた。

「どうしたんだ？」

「……え、なん、で……」

「ユーリア？」

「――お兄ぃ、逃げて！」

ユーリアが叫んだと同時に……横から黒い魔法が飛んできてユーリアの頭を直撃した。

あまりの急展開に一瞬呆気にとられるも、すぐに復帰して杖を構え魔法攻撃が来た方を向く。そこにいたのは……デーモン！　間違いない、悪鬼王国のデーモンだ。しかし、何故こんなところまで……！

「おーっとォ、そこまでだぜぇ？」

……な、後ろから……？

そこには、ユーリアの体に足を乗せて首に剣をかけた、デーモンがいた。……もう一体、だと！

「そこでマヌルに手を出すと可愛い妹の首が飛んじゃうぜ、ちっちゃいお兄ちゃん？」

「ギャハハ、ゲデルもいい趣味してるじゃん！」

や……やられた……！

僕はそのデーモンの男に首根っこを掴まれて、顔面を殴られた。普段なら、こんな奴らに……でも、だめだ……ユーリアが……。

僕は血の海に沈んで動かない妹を視界に入れながら、デーモンの三発目の顔を狙った拳で意識を手放した。

エピローグ――新たな決意

姉貴が出て行った翌日、再び日常に戻った僕の食卓。

スパイスの香る食卓で、椅子の背もたれに肘をかけながら僕の鍋を楽しそうに見ているリンデさんと目が合い、子供っぽくも楽しみにしてくれている姿を見てくすりと笑う。

「今日はカレーですよー」

「かれーさんだ！　やったーっ！　これ他のスープとは全然違って、とってもおいしいんですよぉー！」

「カレーと一緒に食べられている、僧帝国の『ナン』というふかふかした大きいパンも作ってみたいんですけど、変わった道具で作っていたと聞いたので、その道具がないと恐らく全く同じものは作れないだろうなって思います。もしかしたらレシピがあればカレーのように作れるのかもしれないですけど、できれば現地の道具で挑戦してみたいですね」

「ミアさんにお願いしたら買ってきてくれないかなあ」

お願いしたら買ってきてくれそうだけれど、その道具はかなり大きいと聞いた。大量に作るモノだとも聞いたので、あれを導入するなら毎日ナンぐらい覚悟しないといけないかな？

でも、おいしかったらしいしちょっと興味あるよなあ。僕に全部の調理器具を収納して有り余るほどのアイテムボックス用の魔力があればいいんだけれど。

……今の姉貴なら、多少わがままを言ってもいろいろ用意してくれそうな気がする。でも、頼り過ぎちゃったら悪い気がするよね。

「なかなかいろんな料理に挑戦してみたいんですけど、『ピッツァ』とか到底作れないものも多いんですよね」

「ぴっちゃ！　ぴっちゃってなんですか⁉」

「ピッツァは、ビスマルク王国と砂漠の民の国の間にある、シレア帝国という南東の半島で作られている料理です。パンの上にトマトソース、そしてチーズに、後は野菜と肉と……いえ、キノコやエビなど何を乗せてもおいしいですね……とにかくいろんな具材を乗せて食べる、食べやすくておいしいものですよ」

「わああもう聞くだけでおいしそうです……！」

「ただ作るのにまた特別な訓練が必要なのと、焼くために石で出来た大きな窯《かま》が必要なんです。このオーブンでも出来るかもしれませんけど、やっぱり気分としては同じ環境のものを使って挑戦したいですね」

「おうちが毎日ぴっちゃーさんになってしまうんですね！」

何か間違ってるような気もするけど……まあいっか。あの石窯を小型化できたらいいけど、まだそういう道具を見たことはない……そういえば姉貴は、普段使っているこの無水鍋をどこで手に入れたんだろう。未だに文献のどれを漁っても、似たようなものは出てこない。

姉貴は八つ当たり気味って言ってたけど、結局のところ姉貴の送りつけてきた数々の道具は本当に僕の役に立っている。……やっぱり、僕にとってはいい姉貴だと思うよ。尊敬できる、村一番の自慢の勇者だ。

満面のニコニコ顔でカレーをパンと頬張る魔人王国のジークリンデさんを見ながら、これまでにあったことを思い出す。

曰く、角の生えた魔族は人類を滅ぼす。

曰く、人型生物の肉は禁忌である。

……全部嘘だった。その嘘を乗り越えて、リンデさんを受け入れて、オーガの肉であのチーズハンバーグを完成させて、姉貴との細くて深い長年の溝が埋まった。

ずっと『ハイリアルマ教』の信徒として生きて来たけど、リンデさんと出会ってからはもうこの教義をどこまで信じればいいのかわからなくなっていた。

そもそも、どうして魔族をこんなに敵視するようになったのか。これだけリンデさんと仲良くなった今は、その理由がまるでわからなかった。

まだ、何か……知らない秘密があるような気さえしてしまう。

そして、そんなリンデさんが城下町で見た、あの演説。

その後見せた、明るくて強いリンデさんの、どうしようもないほどの慟哭《どうこく》と涙。

料理や彫金みたいな技術とは違い、僕の力では今はどうしようもない問題。

……あの無力感は、姉貴の勇者の力を見たとき以上だった。それぐらいリンデさんの角一つに対する城下町の忌避感は、並大抵のものじゃなかった。

こんなに……こんなに良い子なんですよ、リンデさんは。この子が何をしたって言うんですか。ただ村のみんなのために魔物を討伐し、街のみんなのために魔物を討伐し、ろくな報奨金も出ないのに、おいしそうに僕がご飯を作るだけで王国民を救ってくれているんです。

あなた達が嫌っている魔族がいなければ、とっくにこの国は滅ぼされているぐらいなんです。それぐらい、リンデさんは強くて優しくて可愛らしくて、こんなに良い子なんです。

……やっぱり僕は、納得がいかなかった。リンデさんがもうあの時のことを気にしていなくても、このまま解決しないままだと僕は一生後悔するんじゃないかと思う。

姉貴との溝を埋めてもらった。それは僕にとって、今までの生きる理由みたいなものだったように思う。その問題を解決してくれたリンデさんは、もう僕の全てを救ってくれたようなものだ。

だから……改めて、決意を新たにする。

リンデさんのために、頑張ろう——。

「ライさーん！　おかわり！　おかわりありますかーっ！」

「……ん？　ええ。きっとそう来ると思って、たっぷり作ってありますよ」

「やったー！」

——でも。今だけは。

リンデさんと過ごす、この時間を大切にしたいと思う。

人類代表の勇者……ではない、ただの弟で人間の村人ライムント。

魔族代表の魔王……ではない、ただの配下で魔族のジークリンデ。

そんな、互いの種族を代表するわけでもない、どこにでもいる……とまではいかないけどありふれた普通の僕達二人が、まさか今後この二つの種族の運命を大きく変えることになるとは、この時はまだ誰も予想できるはずがなかった。

あとがき

本書をお手にとっていただきありがとうございます、作者のまさみティーです。

皆さんは、勇者と魔王の出るゲームで、勇者になれなかったゲーム中の幼なじみや兄弟姉妹、そんな相手ってどういう気持ちでいるんだろうって考えたりしますか？　私はそういう脇役キャラ一人一人の人生を想像することがあります。

この作品は、勇者には選ばれなかった『物語の脇役』である村人Aこと主人公が、敵の一般人Aことヒロインと出会うことで物語が始まります。主役を張るような立場ではないはずの二人が出会ったことにより、周りの人達に影響を与えて心を動かしていく――――そんな物語です。あとたくさんいちゃいちゃします。

不思議なもので、主人公が料理をするにあたって中途半端な描写は出来ないなと思うと、今までろくに料理など作ってこなかった自分が主人公に影響されて、いろいろな料理に挑戦するようになりました。なので料理の作り方や考え方などは、検索して出てくるレシピを書いただけのものではなく、ある程度私の体験談を基にした話にもなっています。

自身の話で恐縮ですが……私は主に音楽製作活動をしています。他にも絵、動画、３Ｄモデルなど。いろいろな趣味を持つと、「どんな分野も挑戦すると一定以上の水準って大変だ」って思うようになりました。

ある日、『小説家になろう』のどなたかの文章内容が話題に上がっており、「俺でも書ける」

と言われているのを見て「いや、絵や音楽のように、簡単だと思っても挑戦すると想像するより大変なのでは？」と思って、去年より別名のペンネームで、以前より書きたいと思っていた小説を書き始めました。

　結果、勢いが良かった最初の一ヶ月で四十万文字を書いて投稿していて、そこで初めて「ああ、確かに執筆が大変なのは理解できたけど、挑戦したことがなかっただけで自分は向いていたんだな」と分かりました。この作品は、その時日間総合ランキング一位になった作品です。

　挑戦してみないと、本当にわからないものです。だから人生は楽しい。


　この本を出版する際にお世話になった方々に感謝を。まずTOブックスの担当様、作業に携わってくださった方々。素人の慣れない執筆業に根気よくチェックを入れて下さって、こうして本という形になったのは出版社の皆様のお力添えあってのことです。私を見つけて声をかけてくださってありがとうございました。

　そしてキャラクターを形にしてくださったイラストレーターのれいた様。ずっと出来上がった表紙を見ながら作業をしていました。おいしそうに描いていただいた料理の数々から、物語の各シーンが浮かぶような、そんな素敵な表紙を描いていただけて本当に嬉しいです。

　最後に何より、ウェブで本作を応援してくださった皆様。一人一人の読者の皆様のおかげで、こうして本をお届けできるようになりました、ありがとうございます。

　それではまた、二巻でお会い出来ることを楽しみにしています。

二〇一八年　十一月　まさみティー

勇者の村の村人は魔族の女に懐かれる

2019年2月1日　第1刷発行

著　者　まさみティー

発行者　本田武市

発行所　TOブックス
〒150-0045
東京都渋谷区神泉町18-8　松濤ハイツ2F
TEL 03-6452-5766(編集)
0120-933-772(営業フリーダイヤル)
FAX 050-3156-0508
ホームページ　http://www.tobooks.jp
メール　info@tobooks.jp

印刷･製本　中央精版印刷株式会社

ISBN978-4-86472-777-8